피아니스트는 아니지만
매일 피아노를 칩니다

느리게 하지만 선명하게 달라지는 나를 만나러 가는 길

피아니스트는 아니지만
매일 피아노를 칩니다

초판 1쇄 인쇄 2018년 7월 23일
초판 1쇄 발행 2018년 7월 30일

지은이 김여진

기획편집 김소영
기획마케팅 최현준
디자인 Aleph Design

펴낸곳 빌리버튼
출판등록 제 2016-000166호
주소 서울시 마포구 양화로 15안길 3 201호(윤현빌딩)
전화 02-338-9271 ǀ **팩스** 02-338-9272
메일 billy-button@naver.com

ISBN 979-11-88545-23-0 03810
ⓒ 김여진, 2018, Printed in Korea

이 도서의 국립중앙도서관 출판예정도서목록(CIP)은 서지정보유통지원시스템 홈페이지(http://seoji.nl.go.kr)와
국가자료공동목록시스템(http://www.nl.go.kr/kolisnet)에서 이용하실 수 있습니다.(CIP제어번호:CIP2018021696)

피아니스트는 아니지만
매일 피아노를 칩니다

느리게

하지만

선명하게 달라지는

나를 만나러 가는 길

김여진 지음

빌리버튼 billy button

음악을 사랑하는 법을 배우고
연습이 필요한 이유를 분명히 이해하게 되면
음악적 자아와 개인적 자아가
내면 깊은 곳에서부터 조화를 이루게 돼요.
음악과 삶이 서로 작용하면서
끝없이 목표를 실행해 나가는 거죠.

― 영화 〈피아니스트 세이모어의 뉴욕 소네트〉 중에서

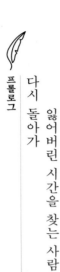

다시 돌아가 잃어버린 시간을 찾는 사람

이 책은 어릴 적 배웠던 피아노를 그리워하다가 약 17년 만에 피아노를 다시 배우면서 겪은 이야기이자 이어폰 없이 외출하면 이어폰을 사서라도 노래를 듣고야 마는 나라는 사람의 음악에 대한 애정의 집합체다. 이 책에는 '피아노'라는 명사가 269회, '연습'이라는 명사가 190회 등장한다.

음악 용어 중에 '루바토RUBATO'라는 말이 있다. '잃어버리다, 도둑맞다'라는 뜻의 이탈리아어다. 그래서 템포 루바토TEMPO RUBATO를 '도둑맞은 시간, 잃어버린 시간'이라고도 한다. 이 표시가 있는 부분에서 연주자는 감정이 이끄는 대로 리듬을 조절해 자유롭게 연주해도 괜찮다. 물론 어디까지나 주어진 박자 안, 화음이 흔들리지 않는 선에서라야 한다.

루바토가 좋다. 리듬을 밀고 당기며 자유롭게 연주하는 것이 좋다기보다는 단어 자체의 '잃어버리다, 도둑맞다'라는 본래 뜻이 마음에 든다.

나는 여태껏 잘 살아왔다. 말도 많고 탈도 많았지만 그때 그때 나름대로 처신하며 살아왔고, 살아 있다. 그러나 '내가 살아가는 것'이 아니라, 딱히 살고자 하는 의지 없이 '살아지기도 하는 때'가 있었다. 그런 시간들만 따로 떼어 놓으면 과연 몇 년이 모일까. '진짜 나' 없이 그 시간들을 무슨 수로 살아냈을까.

이 프롤로그는 원고를 모두 마무리하고 처음으로 돌아와 쓴 글이다.

악보 위에 셈여림, 빠르기 지시표가 되어 있듯 연습 후 글을 정리할 때마다 이 지시어가 꼭 생겨났다.

템포 루바토.

　피아노를 연습하며 나는 자의로 잃어버린 시간, 타의로 도둑맞은 시간을 꽤나 다시 찾아왔다. 밀려났던 삶의 리듬을 다시 당겨온 것이 너무 오래 걸려 미안하다고, 그러나 이만하면 그래도 일찍 찾은 편 아니냐고, 비로소 내가 나를 다독인다.

장조의 삶

"저는 요즘 피아노를 다시 배우고 싶어요. 연습하면 실력이 향상되는 것들 있잖아요. 그런 것들에 갈증을 느끼고 있거든요. 최근에 영어 성적 증명서가 필요한 일이 생겨서 지텔프 레벨 2에 응시한 적이 있어요. 2주 정도 공부한 다음 시험을 봤는데 생각보다 성적이 좋아서 엄청 뿌듯한 거예요. 이래서 인간이 도전을 자꾸 하는 거구나 싶더라고요. 그런데 '시험'은 긴장감 때문에 힘들어서 안 되겠고요. 아무래도 피아노를 쳐야 할 것 같아요."

일본어 공부를 시작하겠다는 전 직장 선배의 말에 '저도 배우고 싶은 게 있어요' 한마디 맞장구 쳤으면 될걸 말이 길어졌다.

매일 글을 쓴다. 길게도 쓰고 짧게도 쓴다. 하지만 '잘' 쓰고 있는 것인지 확인할 수 없다. 추측할 뿐이다. 내 삶에는 '연습'으로 '결과'를 확인할 수 있는 것이 필요하다. 도통 안 되던 것이 잘되어갈 때의 희열이라든지, 좋아하는 곡을 내가 직접 연주할 때의 쾌감을 느껴본 지 오래되었다. 피아노를 연습하면 글쓰기에서 채워지지 않아 조바심에 시달리던 부분들이 충족될 것이다.

중학교 1학년 때까지 피아노 레슨을 받았다. 피아노 전공자를 가장 친한 친구로 두었으며 바흐, 슈베르트, 쇼팽과 베토벤을 사랑한다. 그리고 피아니스트 임동혁과 조성진, 백건우, 손열음의 연주 동영상을 찾아보는 게 취미다. 클래식과 가깝게 지냈기 때문에 까마득한 도전도 아니다.

베토벤은 곡에 어둡고 복잡한 기운을 불어넣고 싶을 때 '단조'를 사용했다고 한다. 나는 곧잘 '단조'를 붙여 글을 썼다. 이제 '장조'를 써내고 싶다. 피아노와 함께라면 그럴 수 있을 것만 같다. '있을 것만 같다'가 아니라 '할 수 있을 것'이 확실하다.

1. ALLEGRO MA NON TROPPO
빠르게 그러나 지나치지 않게

17년만이라도, 괜찮아요

3. LENTO CON DOLORE
느리게, 아픔을 가지고

매일 피아노

4. ALLEGRO CON AMORE
빠르게, 애정을 담아

1. ALLEGRO MA NON TROPPO |알레그로 마 논 트로포| 빠르게 그러나 지나치지 않게

17년만이라도, 괜찮아요

고려 피아노 학원은 쇼팽 피아노 학원 바로 옆에 위치했
다. 쇼팽 피아노 학원은 넓었고 피아노가 다섯 대 이상 있
었다. 연습실에는 업라이트 피아노가 있었고 레슨 피아노
전용으로 흰색 그랜드 피아노가 있었다. 사실 그랜드 피아
노가 분명히 있었는지 어릴 적 내 환상이었는지 십여 년
이 지난 지금 확실하게 기억할 수는 없지만, 쇼팽 피아노
학원의 내부가 내 머릿속에 거의 그려지는 걸 보면 그랜
드 피아노도 높은 확률로 있었을 것이다. 두 피아노 학원

에서 5분 정도만 걸어가면 큰 상가 2층에 헨델 피아노 학원이 있었는데 헨델 피아노 학원은 쇼팽 피아노 학원보다 규모가 조금 더 컸다. 집 근처에만 이렇게 세 군데의 피아노 학원이 운영 중이었다. 하교 시간이 조금 지나면 직사각형 모양의 피아노 학원 가방을 손에 들고 등원을 하는 아이들이 많았다. 초등학교 2학년이었던 나는 고려 피아노 학원 가방을 손에 쥐었다. 엄마가 왜 나를 고려 피아노 학원에 보냈는지는 모르겠다. 그때 물어볼걸 그랬다.

"엄마, 왜 피아노가 세 대밖에 없는 여기에 나를 등록시켜요? 그리고 고려가 뭐예요? 음악가가 아니잖아요."

지금 추측하건대, 엄마는 타 학원에 비해 원생이 적고 아담한 고려 피아노 학원이 아이가 오래 머무르기에 적합하다고 생각하셨던 것 같다. 실제로 연습 회전률이 적어 해가 저물 때까지 피아노를 치기도 했으며, 음악 이론을 공부하던 이론방은 온돌마루라 낮잠 자기에도 좋았다. 성함은 기억나지 않지만 층 없이 단정한 검정 단발머리, 입술 위에 점 하나, 90년대 당시 유행하던 진갈색 립스틱, 노란색 표지였던 이문열의 소설 《선택》을 읽고 있던 모습, 굵고 선명한 목소리, 살짝 처진 눈꼬리 같은 선생님의 취향과 분위기, 이렇게 감각으로 떠올릴 수 있는 것은 대체로 또렷하게 나열할 수 있다. 아울러 이론방의 장판 냄새, 이론방 쪽문으로 나가면 연결되는 부엌의 곰팡이 냄새까지도.

고려 피아노 학원은 초등학교 시절 내 놀이방이었다. 오후 5시쯤, 지금은 어디에서 뭐 하고 사는지 모르는 친구 혜민이와 피아노 연습을 다 한 뒤에도 선생님이랑 더 놀겠다며 학원에서 버틴 날이 있다. 귀찮으셨을 텐데도 선생님은 우리가 배가 고프다고 하자 떡볶이를 포장해 오라며 오천 원을 쥐여주셨다. 우리는 신이 나서 은혜 분식으로 뛰어가 해맑게 떡볶이 오천 원어치를 포장해왔다. 1인분에 기껏해야 5백 원, 천 원 하던 그때의 물가로 따지면 오 천원어치의 양은 어마어마했다. 선생님은 상황이 웃겼는지 한참을 웃으시더니 이내 그릇에 떡볶이를 담고 포크를 꺼내 우리에게 쥐여주셨다. 날짜도 기억나지 않는 그날은 내게 귤색으로 남아 있다. 난로가 지펴진 피아노 학원의 실내는 사방이 노르스름했고, 집으로 돌아가는 길에는 노을을 보았다. 글을 쓰면서 그때를 떠올리는데, 아, 왜 자꾸 눈물이 나려고 하지.

클
래
식
으
로

돌
아
가
다

"안녕하세요, 얼마 전에 들러 간단히 상담을 받았는데,
오늘 등록을 하고 가려고요."

일하는 곳 바로 옆에 실용 음악 학원이 있다. 호시탐탐 기
회를 엿보다가 약간의 용기를 내 찾아갔다. 클래식 피아노
레슨이 있는지 문의하자 클래식 피아노를 전공한 선생님
이 계시단다. 더 지체할 이유가 없어 등록하기로 한다.

"아, 대표님께 대충 말씀 들었어요. 바로 옆 카페에서 일
하신다고요."

그랜드 피아노가 슬쩍 보이는 안쪽 연습실에서 여자분이
잰걸음으로 달려와 반갑게 맞아주신다. 학원 대표님이 말
한 피아노 선생님이시구나. 캐러멜색 긴 머리, 나와 눈높
이가 맞을 만큼 아담한 키, 높은 톤의 목소리로 내뱉는 굉
장히 또렷한 발음.

"피아노를 배운 적이 있으세요?"
"네, 중학교 1학년 때까지 배웠어요. 그런데 그때는 공부
가 제일 중요하다고 하잖아요. 그때 그만두지 말았어야
하는 건데…… 아무튼 그 후로는 그럴듯하게 연습해본
적이 없어서 많이 긴장이 되네요."

너무 긴장이 되어 말에 브레이크가 없어졌다.

"맞아요. 그렇죠. 배우고 싶은 곡이나 장르가 따로 있으
신가요?"
"저, 클래식이요."

"반주나 오리지널사운드트랙에는 관심이 없으시고요?"

"네, 클래식이 좋아요. 체르니CZERNY, 아농HANON을 쳐도 좋아요."

대답을 한 후 의욕만 앞선 사람처럼 보일까봐 걱정이 됐지만 진심이 그랬다.

"어떤 작품을 쳤는지 기억나세요?"

"초등학교 저학년 때부터 6학년 때까지 피아노 학원을 다니다가 학원이 없어지는 바람에 중학교 1학년 1학기까지 개인 레슨을 받았어요. 체르니 40번 초반부까지 쳤었고, 모차르트 소나타를 꽤 치다가 베토벤 소나타 작품을 연주해보기 직전에 그만뒀던 걸로 기억해요."

"좋아하는 작곡가나 좋아하는 곡 있어요? 취향이 궁금해서요."

나에게 만약 꼬리가 달려 있으면 주체 못할 정도로 흔들고 있을 게 뻔했다.

"쇼팽이랑 베토벤을 좋아하고 자주 듣는 건 쇼팽 발라드

1번, 베토벤 소나타 비창 전 악장, 열정 1악장, 월광 3악
장, 지금 이렇게 생각나요. 그런데 당장 이 곡들 칠 능력
은 안 되고요. 천천히 시도해보는 게 좋을 것 같아요."
"머리가 좋으신 편이죠? 학창 시절 공부를 잘했던 친구
들이 성인이 돼서 클래식으로 돌아가는 경우가 많더라고
요."
"아니에요, 공부 못했어요."

겸손을 선택했지만 입증되지 않은 경우의 수에 입증을 하
고 싶은 욕심이 생긴다.

　'클래식으로 돌아간다.'

되돌아가는 길이 어떻게 변했는지 아직은 알 수 없으나
선생님의 그 한마디에 모든 길에 이정표가 생겼다. 방향에
맞게, 거리를 가늠해가며 속도를 조절해 나아가다보면 오
랜 시간 다른 길에서 뛰어다니는 동안 만나지 못했던 것
들과 마주할 거란 예감이 들었다. 그리고 이 예감이 돌아
가는 그 길 위에서 내가 울고 또 웃으며 행복할 것을 암시
하는 복선임을 느꼈다.

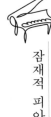

잠재적 피아노 연주자

2010년 4월 6일 일기가 그날을 상기시켰다.

　　나 : "나 책 읽어도 돼?"
　　친구 : "응, 읽어…… 그걸 읽겠다고?"

내가 꺼내든 건 쇼팽 왈츠 악보집이었다.

스물세 살.

그 당시 4, 5년 동안 만남과 이별을 반복하며 가족만큼 편해졌던 친구와 집 근처 카페에서 별 대화 없이 편하게 마주 앉아 있었다. 함께 있는 사람에게 무례하게 구는 꼴이 되지 않으려 동의를 구한 후 피아노 악보를 펼쳤다. 어쩌면 난데없이.

쌍꺼풀 없이 큰 눈을 동그랗게 뜨며 친구는 신기하다는 듯 나를 바라봤다.

2007년작 대만 영화 〈말할 수 없는 비밀〉을 본 지 얼마 안 됐을 무렵. 극 중 상륜이 편곡해 연주한 피아노곡의 원곡인 쇼팽 왈츠 7번에 빠져, 마침 집에 있던 악보를 가방에 넣어 다닐 때였다.

중학교 때 이사를 하면서 피아노를 가지고 갈 수 없어 그 후로는 아무리 치고 싶어도 어디에서든 마음껏 칠 수가 없던 상황.

'그랬다더라 설'에 따르면 현재 가왕이라 불리는 어떤 가수는 어린 시절 피아노를 치고 싶은 마음은 큰데 가난한 가정 형편 탓에 가당치도 않은 일 같아 아쉬울 때면 백지에 건반을 그려 그걸 두드려 연습했다고 한다.

그렇게까지는 아니더라도 목이 마르면 컵이라도 쥐어보겠다는 심정은 나도 비슷했다.

첫 마디부터 천천히 눈으로 보표를 짚어가며 속으로 건반을 떠올린다. 그럼 자동적으로 건반이 눌리는 모습이 그려지고, 자연스럽게 소리가 상상된다.

이것이 내가 피아노 없이 피아노를 연주하는 방법이었다.

어떤 날은 악보를 펼쳐 놓고 피아니스트들의 연주 동영상을 틀어 음악을 들으며 악보를 따라갔다. 그러는 동안 몰랐던 음악 기호, 지시어들을 메모한다. 연주자들이 그 지시어가 나왔을 때 어떤 움직임을 보이는지 되감기해 다시 보며 신기해한다.

피아노 레슨을 그만둔 학창 시절 이후로 꽤 오랫동안 나는 피아노가 그리울 때면 이런 식으로 그리움을 보듬었다. 그리고 그 빈도수는 '어쩌다 한 번'이 아닌 '이렇게 좋아할 거면 피아노를 전공할걸 그랬지' 수준에 더 가까웠다.

이제 와 알게 된 사실이지만 연주에는 '내청INNER LISTENING'이라는 중요한 요소가 필요하다고 한다.

'소리를 마음으로 들으며 자신 내면의 감성과 연결시키는 힘, 청각감각능력.'

건반을 누르기 이전, 소리에 대한 상상력을 발휘해 음정을 마음으로 감지하고 내면에서 소리 낸 음들이 실제 연주와 비슷하게 맞물려 가도록 하는 것.

피아노를 막 시작하는 어린이에게도 이 내청 능력을 발달시켜주기 위해 '작품 많이 듣기'를 숙제로 내주기도 한단다. 듣는 귀를 열어주고, 언제든지 마음속으로 노래 불러 그것을 실제 연주에 접목할 수 있도록 말이다.

이게 다 무엇인지도 모르고 혼자 악보를 가지고 속으로 연주하며 놀았으니.

나에게 필요한 건 진작 정해져 있었다는 생각이 든다.
진짜 내 눈앞에 놓인 피아노.
실제로 연주할 수 있는 자유.

준비 운동

본격적인 레슨에 앞서 초등학교 때 외웠던 음악 기초를
연습일지에 적어본다.

- 음이름: 조성이 바뀌어도 변하지 않는 절대적인 음표
  의 이름. 영어로는 C, D, E, F, G, A, B, C. 한글로는 다,
  라, 마, 바, 사, 가, 나, 다.
- 계이름: 조성이 바뀌면 변하는 상대적인 음표의 이름.
  도, 레, 미, 파, 솔, 라, 시, 도.

- 장음계: Major Scale

- 단음계: Minor Scale

- 음계의 첫 음: 으뜸음(도)

- 으뜸음의 4도 위: 버금딸림음(파)

- 으뜸음의 5도 위: 딸림음(솔)

- 으뜸음의 7도 위: 이끔음(시)

- 주요 3화음: 1도 화음(으뜸화음) 도미솔, 4도 화음(버금
  딸림화음) 파라도, 5도 화음(딸림화음) 솔시레

- 붙임줄(타이): 음악에서 높이가 같은 2개 이상의 음을
  연결한 호선.

- 이음줄(슬러): 높이가 다른 2개 이상의 음을 연결한 호선.

- 달세뇨(D. S.): 세뇨SEGNO로 돌아가 피네FINE나 겹세로
  줄 위 페르마타FERMATA에서 마친다.

- 다카포(D. C.): 처음으로 돌아가 피네나 겹세로줄 위
  페르마타에서 마친다.

또 뭘 적어볼까.

20년 전에 배운 걸 평생 가지고 간다.

나머지 공부

늘 어렴풋이 알아 헷갈렸던 것을 정리한다. 곡 이름을 읽
는 법부터 정확히 알고 시작하자.

Chopin: Valse In No.1 E Flat Major Op.18 'Grand Valse
Brillante'를 듣는다고 치자.
쇼팽 왈츠 1번 내림마장조 Op.18 '화려한 대왈츠'.

어떻게 받아들일 것인가.

'Op'란 작품을 뜻하는 라틴어 '오푸스Opus'의 약자로 작품 번호를 일컫는다. 당대 악보를 출판하던 출판업자들이 작곡가들의 수많은 작품을 혼동하지 않도록 편의상 붙인 게 대부분인지라 '출판일련번호'로 알려져 있기도 하다.

위의 곡이 쇼팽의 전체 작품 중 열여덟 번째로 출판됐다고 추정되는 곡임을 알 수 있다. 그렇다면 Valse 뒤 No.1은 무슨 의미인가. 이것은 각 장르별 일련번호를 뜻한다. 언뜻 복잡해 보이지만 No 또는 Op가 작곡 순서를 뜻하는 것은 아니며 작품번호가 없는 곡도 있다는 걸 일단 알아두면 좋겠다.

오푸스 번호Opus number는 17세기 후반 클레멘티와 베토벤 시대에 이르러서야 사용되었고, 그것도 주요 작품에만 사용되었다고 한다. 베토벤은 출판사의 임의가 아닌 스스로 자신의 음악 작품에 번호를 붙인 최초의 작곡가였다고 하는데, 그래서일까. 이 '작품번호'가 단순히 출판사가 매긴 일련번호로써가 아닌 작곡가의 창작상의 발전 단계를 나타내는 중요한 지표로 인식되기 시작한 것은 베토벤 이후부터라 한다.

여기에 덧붙여본다.

- Op. post: Opus postumus의 준말로 유작遺作이란 뜻.
- BWV: Bach-Werke-Verzeichnis의 약자로 바흐의 작품목록이라는 뜻. 바흐가 죽은 지 200년이 되던 해 독일의 음악 문헌학자 볼프강 슈미더WOLFGANG SCHMIEDER가 정리한 장르에 따른 1,120개 바흐의 작품 고유번호.
- HWV: Handel-Werke-Verzeichnis의 약자로 헨델의 작품목록이라는 뜻. 독일 할레 대학 교수였던 베른트 바젤트BERND BASELT가 23개의 장르로 분류해 만든 헨델의 작품 고유번호.
- Hob: 호보켄 번호. 네덜란드 음악학자인 안토니 반 호보켄ANTHONY VAN HOBOKEN이 만든 하이든의 작품목록으로 하이든이 작곡한 750여 곡을 장르별로 분류해 연대순으로 붙인 고유번호.
- K 또는 KV: 쾨헬 번호. 오스트리아 음악학자 루드비히 쾨헬LUDWIG RITTER VON KÖCHEL이 붙인, 작곡 순서에 따른 모차르트 작품 고유번호.
- D: 도이치 번호. 작품번호 표시가 잘 되어 있지 않고 되어 있다 해도 연대순과 일치하지 않았던 슈베르트

의 곡에 오스트리아 음악학자 오토 에리히 도이치ОТТО
ERICH DEUTSCH가 매긴 작곡 순서에 따른 998개의 슈베
르트 작품 고유번호.
- L: 프랑스의 음악학자이며 드뷔시 연구가였던 프랑수
  아 르쉬르FRANCOIS LESURE가 붙인 드뷔시 작품 고유번
  호.

2017년 12월 11일 월요일. 첫 레슨.

손가락은 아치형이 되어야 하고요. 스케일 칠 때 팔꿈치를 굳이 들썩이지 않아도 돼요. 요령은 다음 건반을 향해 갈 때 엄지손가락을 다른 손가락 밑에 가두지 않고 언제 빼느냐에 있어요. 한 음 한 음 끊어서 치는 것이 아니라 레가토♪로 부드럽게, 아, 잠시만 일어나보세요. 의자 끝에 걸

♪ 레가토LEGATO: 음과 음 사이를 끊지 않고 매끄럽게 연결해 연주하는 것. 이음줄로 표시. 논레가토NON LEGATO는 레가토의 반대.

터앉는다는 기분으로 앉아요. 오른발은 페달을 밟아야 하니까 앞으로 내놓고 왼발은 살짝 뒤로 빼서 지탱한다는 느낌으로.

본격적으로 연습에 임할 작품을 결정하기 전에 선생님은 손을 풀어보자고 하셨다.

어릴 적 내가 마지막으로 쳤던 곡 중 체르니 40번이라고 알려진 〈체르니 속도 에튀드 Op.299〉의 1번 악보가 펼쳐진다.

"아, 아무래도 못할 것 같은데, 괜찮을까요?"

"그럼요. 완벽하게 치는 걸 바라는 게 아니니까 괜찮아요. 일단 한번 쳐볼까요, 왼손 시작은 건강하게."

선생님은 이 곡에서 f(포르테) 표시가 있는 부분을 '건강하게' 라고 하셨는데 앞으로는 절대 'f(포르테)=세게'라고 표현할 일이 없을 거라는 이상한 직감이 들었다.

"여진 씨가 작품을 연습한 지가 오래됐다는 걸 감안해서 비교적 악보 보기가 수월한 체르니를 보는 건데요. 오해는 하지 말아야 할 게 사람들이 으레 피아노를 배웠다고 하면 '너 체르니 몇 번까지 쳤어?' 묻잖아요? 이 질문은 어쩌면 무의미한 일인지도 몰라요."

"정말요? 왜요?"

"체르니 100번에서 30번, 30번에서 40번, 그리고 50번으로 가면 갈수록 점점 난이도가 상승하는 것은 틀림없죠. 그런데 여진 씨처럼 체르니 40번의 초반까지만 쳤던 사람이 다소 어려운 작품을 소화하지 못할 거라 무조건 단정 지을 수도 없고 체르니 50번까지 쳤다고 해서 모든 작품을 다 소화할 수 있을 거란 보장도 없어요. 작품번호에 등급을 매겨, 소위 말해 진도를 뺀다는 인식을 깨야 해요."

이어서 기술적으로 어려운 곡을 연습할 때도 체르니 100번에서 그 해결책을 찾을 수 있다고 하셨는데, 아무래도 체르니든 하농이든 연습곡을 대하는 '태도'와 '교본을 다양한 작품에서 활용할 수 있는 능력'을 키우는 것이 관건이라는 말을 우회적으로 하신 것 같다.

"한 번만 더 해볼까요?"

체르니에 대한 편견부터 바로잡고 조금 전에 쳤던 부분을
반복한다. 여전히 긴장이 되기는 했지만 어설프게나마 건
반 위에서 손가락이 움직여주었다.

> "사실, 비교적 짧은 악구의 체르니 에튀드 한 곡을 치더
> 라도 이 사람이 기계적으로 치는지, 음악적인 감성을 담
> 아 칠 수 있는지 확인해보고 싶었던 건데요. 감만 좀 되
> 찾으시면 금세 좋아질 것 같은데요?"

선생님은 내가 피아노를 치지 않았던 시간에 비해 이해를
빠르게 하는 편이라며 격려해주셨다.
　모래알만큼의 자신감과 사막만큼의 겁이 한꺼번에 밀
려와 입이 바싹 말라갔지만 내색하지 않으려 입술을 꾹
물었다.

처음이라도, 괜찮아요

"선생님, 있잖아요. 저는 악보를 보는 게 낯설지만은 않은 상태에서 왔잖아요. 만약 제가 악보를 읽을 수 없는 성인이었다면 어떻게 레슨을 받게 되나요? 바이엘부터 시작하나요?"

"꼭 바이엘이 아니어도요. 요즘은 성인용 입문 교본이 많이 나와요."

SNS를 둘러보다가 우연히 영화 〈티파니에서의 아침〉의

O.S.T 중 〈Moon River〉를 느린 속도로 더듬더듬 치는 사람을 보게 되었다. 그녀는 유명한 멜로디를 최대한 쉽게 소리 낼 수 있도록 한 마디에 음표가 네 개를 넘지 않는 선으로 편곡해둔 〈Moon River〉를 연습하고 있었다.

"'도레미파솔라시도'와 건반을 매치할 수 없는 초급자라도 걱정할 필요가 없어요. 성인은 손가락 번호의 개념, 오선지에서 줄과 칸의 기능과 음자리표, 음표, 박자표 등 음악에서 기초가 되는 것들을 잡아주면 이론 적인 부분은 금방 이해를 하고 따라오거든요. 연습량만 확보한다면 금세 원하는 곡의 쉬운 편곡 버전 정도는 연주할 수 있어요. 손가락이 굳어서 못 친다는 건 편견이거나 연습하지 않은 것에 대한 핑계일 뿐이에요."

2018년 1월 한국 영화 기대작으로 꼽힌 〈그것만이 내 세상〉에서 서번트 증후군을 가진 진태 역을 맡은 배우 박정민 분의 인터뷰 기사가 생각났다. 뇌기능 장애로 인해 사회성은 떨어지지만 피아노만은 천재적으로 완벽하게 연주하는 진태. 그는 진태가 되기 위해 난생처음 피아노를 배웠다고 말했다. 시나리오에 나오는 쇼팽 즉흥곡, 베토벤

1. 17년만이란도,
괜찮아요.

소나타, 모차르트 협주곡 등 비범한 사람이 아닌 이상 보통의 피아노 입문자가 처음부터 감히 칠 수 없는 이 곡들을 모두 대역 없이 직접 연주했으면 한다는 감독의 요청이 있었단다. 박 배우는 6개월 동안 하루 여섯 시간씩 하루도 빠짐없이 연습을 했다고 한다. 그 결과 대역 없이, 손가락만 화면에 잡히는 일도 없이, 피아노를 연주하는 한 사람의 모습이 담기는 장면을 담을 수 있었다고.

"여진 씨가 등록하기 한참 전에, 악보를 전혀 읽을 줄 모르던 직장인 분이 왔었거든요. 그분은 성인용 기초 피아노 교본으로 시작해 시야를 넓혀 나아가며 하루에 한 시간 이상씩 연습하셨어요. 정말 거의 매일요. 그렇게 꾸준히 하시더니 학원을 등록한지 1년이 지난 후에는 본인이 연주하고 싶었던 오리지널사운드트랙을 혼자서도 칠 수 있게 됐어요."

백지에서 시작한 사람들조차 이렇게 성실히 아름다운데.
  다 잊었으면 어떡하나 걱정한 마음은 빨리 접어버려야지.
  다 떠오르면 어떡하나 걱정해버려야지.

"혹시 러셀 자코비라고 아세요?"

"아, 저 잘 모르겠어요."

앞으로 레슨해볼 곡을 정하는 과정에서 선생님의 추천으로 미국의 음악가이자 교사였던 러셀 자코비RUSSELL JACOBY의 소나티네 A단조를 연주했다.

　선생님께서 옆에서 박자를 맞춰주시고 주선율을 따라 불러주시자, 거기에 묻혀서 마치 내가 잘하는 듯한 착각이

들 정도로 손가락이 따라가기는 했다.

이 곳은 한때 초등학생 친구들이 피아노 콩쿠르에 나갈 때 많이 준비했던 곡이라 한다.

채 서른 마디도 안 되는 한 장 반짜리 짧은 곡.

"이 소나티네는 짧은 길이 안에서 접할 수 있는 다이내믹이 다양하거든요. 빠른 템포로 재미있는 리듬을 느끼며 연습을 하다보면 음악적 호기심이 자극되면서 앞으로의 연주에 동기부여가 될 것 같아서 이 곡을 먼저 드려요."

선생님 말씀대로 자코비의 이 작품은 흥미로웠다.

"장거리 마라톤을 하기 전에 단거리 달리기를 해보는 거라 생각하며 연습하시면 돼요."

4분의 4박자로 연주해야 하는 이 곡은 못갖춘마디로 시작한다. 못갖춘마디란 박자의 1박 이외의 박으로 시작되는 마디로, 불완전소절이라고도 부른다. 하지만 갖추지 못한 박자는 곡이 끝나는 마지막 마디의 박자와 합하면 정박이 된다.

그렇게 갖추어야 할 박자를 결국 한 곡 안에서 갖추게
된다.

그
마
음

여덟 마디를 두 시간에 걸쳐 손에 익힌 다음 일주일 동안 하루에 적어도 두 시간씩 자코비 곡을 연습했다.

기어코 오고야 만, 레슨을 받는 날.

크레셴도CRESCENDO는 음을 점진적으로 키우라는 표시라고 초등학교 때 배웠다. 크레셴도가 등장하는 제5마디. 작은 소리로 조심스럽고 부드럽게 치면서 긴장감을 조성하다가 박진감 넘치게 음량을 키워야 하는데 나는 크레셴도 기호가 눈에 들어오면 바로 크게 쳐버린다.

"어, 이게 아닌데. 선생님, 처음부터 다시 할게요."

"잠깐만요. 여진 씨, 처음에 예비박 안 세고 들어가죠?"

뜨끔 한다. 선생님은 나를 꿰뚫고 있다.

"저, 예비박을 어떻게 세야 하는지 모르겠어요. 시범 한
번만 보여주세요."

피아노를 배우면서 잘못을 인정하는 법과 인내심을 다시
배운다. 그리고 나는 박치인가 하고 없던 의심이 다 생기
는데, 아, 왜 눈물이 차오르지. 건반 위에 올려놓은 손가락
이 정처 없이 헤매기를 반복하다가 정말로 거의 울 뻔했
는데 선생님은 그런 내 모습이 보기 좋다고 하신다.

"연습을 많이 했는데 제 앞에서 긴장도 되고 뜻대로 안
쳐져 답답해서 그런 거죠? 저도 교수님 앞에서 엄청 울었
어요. 그 마음 잘 알아요."

아, 눈물 나지 마라, 눈물 흐르지 마라. 속으로 최면을 걸
면서 피아노 옆 책장에 올려놓은 머그컵을 감싸 쥔다. 아

직 따뜻한 홍차 한 모금을 꿀꺽 마시고 간신히 말한다. 선
생님, 화음 스타카토♪가 너무 어려워요.

♪ 스타카토STACCATO: 음표를 짧게 끊어서 연주하는 것. 음표 머리에 ' · '표를 붙여
표시한다.

"여기에 피아노 두면 예쁠 것 같아."

"아, 언니, 진짜 과해요."

피아노를 연습할 수 있는 시간이 더 많이 생겼으면 좋겠
다고 하자 내가 근무하는 카페의 사장님이 매장에 중고
피아노를 놓으면 어떻겠느냐고 하신다. 백열등 조명이 떨
어지는 자리를 가리키며 구체적으로 위치까지 지정하고
난리다. 말이라도 그렇게 할 수 있는 사람이라니. 그러나

부담스러우니 제발 그러지 마세요.

"나도 쳐보려고 그래, 피아노. 어릴 때는 한 장에 오백 원
하는 가요 피스 악보 사서 노래 부르면서 치고 그랬는데."

사장님은 테이블에 양손을 올려 피아노 치는 시늉을 하며
말한다.

"저도 그랬어요. 우리 때는 다 그랬죠? 요즘은 듣고 싶은
음악이 있으면 음원 스트리밍으로 바로 듣잖아요. 예전
에도 레코드점에 찾아가 CD를 사서 듣기는 했지만 직접
반주하고 노래하는 일이 잦았는데 말이에요. 악기를 연
주할 수 있는 건 여러모로 좋은 일 같아요."

피아노 학원이 일찍 문을 닫는 바람에 연습을 하지 못한
오늘. 아쉬운 마음에 퇴근 후 혼자서 음악 이론 공부를 하
다가 집으로 돌아왔다. 샤워를 하면서 사장님과 낮에 나눴
던 대화가 생각나 머릿속으로 문장을 다듬어본다. 그러던
중 완전히 잊고 지내던 기억이 떠오른다. 초등학교 5학년
6학년, 2년 동안 음악시간 풍금 반주를 맡았던 것. 90년대

초등학교에는 각 반마다 풍금이 있었다. 페달을 꾹꾹 밟아야 소리가 나는 악기. 그 건반을 누르던 아이가 불쑥 나타나 서른이 넘어 다시 피아노를 배우기 시작한 나에게 말을 건다.

너, 풍금만 기억난 거 아니지? 옛날 집 안방에 있던 검은색 피아노도 생각났지? 고려 피아노 학원 선생님이 출산 때문에 학원을 정리해야 했을 때, 학원에 있는 피아노 중 한 대를 선물로 주셨잖아. 그런데 그게 선생님이 어릴 적에 쓰던 피아노라서 특별한 거라고 하셨잖아. 선생님이 갖게 된 첫 피아노와 내가 갖게 된 첫 피아노가 똑같다는 사실 덕분에 선생님과의 이별이 덜 슬플 수 있었잖아. 학교 마치고 집에 돌아오면 피아노 의자 뚜껑 열어서 악보 꺼내 쳐보는 게 일상이었어. 맞지? 모차르트 소나타 1번 1악장, 슈만의 어린이 정경 트로이메라이, 바흐 2성 인벤션 4번, 8번이 네 레퍼토리였잖아. 피아노 앞에 다시 앉아서 좋지?

서른을 넘긴 내가 어린 나에게 대답한다. 응, 좋아. 잊고 있던 날들, 실제로는 한 번도 본 적 없고 볼 수도 없는 어릴 적 뒷모습이 갑자기 떠올라 자주 울컥하는데 그마저 좋아. 가서 기특하다고 안아주고 싶어.

연습에 집중이 되지 않았다. 자코비 소나티네와 함께 시작한 디아벨리DIABELLI 소나티네 1번 3악장 F장조. 손가락이 마음대로 움직이지 않고 악보가 외워지지 않자 속상함을 넘어 신경질이 났다. 나 괴롭히기 대회를 혼자 열고 1등을 해먹는다. 음표 하나, 음악 기호 하나에 시비 걸고 다니다가 얻어터진 기분이다. 아무 잘못도 없는 작곡가한테 실컷 못되게 굴고 피아노 건반 덮개를 정리하며 나를 제일 먼저 미워한다. 이렇게 한 시간 남짓 엉망진창으로 연습을

하고 상기된 볼을 손등으로 꾹꾹 누르며 연습실을 나오는
데 선생님과 마주쳤다.

　　"요즘 연습하시는 거 어때요? 힘들어요?"
　　"어머, 안녕하세요, 선생님. 아니에요. 재밌어요."

찰리 채플린의 말을 빌려 가까이에서 보면 비극이지만 멀
리서 보면 희극이 맞으니까 선생님한테는 희극만 드러내
고 비극은 숨겨본다.

　　"오늘은 무슨 곡을 집중적으로 봤어요?"
　　"디아벨리 소나티네 했어요."
　　"은근히 어렵죠?"

아무래도 선생님이 내 비극의 현장을 다 들은 모양이다.

　　"혹시 디아벨리가 출판업자였다는 거 알고 계세요?"
　　"정말요? 전혀 몰랐어요."
　　"안톤 디아벨리는 베토벤과 슈베르트를 비롯해서 수많은
　　작곡가의 작품을 간행한 출판업자였어요. 베토벤의 디아

벨리 변주곡 들어보셨어요?"

그렇게 베토벤을 사랑한다고 설치고 다녔는데 생전 처음 듣는 곡이다. 창피함이 솟구친다.

"당시에 디아벨리는 자신이 작곡한 왈츠 주제를 작곡가들에게 나누어주면서 변주곡을 작곡해달라고 요청했어요. 그걸 한데 모아서 출판하려는 의도였겠죠? 나쁘게 말하자면 영악했고, 좋게 말하자면 사업가적 기질이 다분했던 것 같아요. 청탁을 받은 사람 중에 베토벤이 있었는데, 처음에는 코웃음을 치며 고사하더니 변주곡을 만들어내요. 결국 베토벤의 디아벨리 변주곡은 바흐의 골드베르크 변주곡과 함께 최고의 변주곡이라는 찬사를 받아요."

레슨실 앞. 악보를 품에 안고 오, 우와, 아, 이런 감탄사만 내뱉으며 선생님의 말에 빨려 들어간다.

"결론은요. 디아벨리는 수완 좋은 출판업자인 동시에 어떤 음악이 대중에게 사랑받을 수 있을까 포착할 줄 아는 사람이었어요. 음악적 감각이 뛰어난 작곡가였다는 거예요."

어쩌면 내 마음속 디아벨리는 초등학생이 주로 치는 소나
티네를 만든 사람으로 각인되어 있었는지도 모르겠다. 작
곡가가 입힌 밝고 경쾌한 느낌을 살릴 생각은 안중에도
없었다. 하루 빨리 진도를 빼고 싶어서 악보를 정복하기에
만 바빴던 게 사실이다.
　디아벨리에 대한 이해가 부족했던 나에게 선생님은 그
의 사정을 대신 전해주었다.

　　"초견 능력을 키우는 건 쉬워요. 새로운 악보를 계속 치
　　면 돼요. 그럼 당연히 음표가 눈에 빨리 들어와 단순히
　　건반에 매치해서 단순히 나열해 치는 기술은 생기겠죠.
　　그렇지만 중요한 건요, 단 한 곡을 치더라도 그 곡과 곡
　　을 만든 사람을 얼마나 이해하고 감정을 불어넣어 칠 수
　　있느냐예요."

출근을 해야 하는데, 이제 주말이라 연습도 할 수 없는데,
벌써 피아노 앞에 다시 앉아 디아벨리에게 사과하는 마음
으로 곡을 연습하고 싶어진다.

미친 사람들은 미친 짓을 하니까

평일 오후 2시쯤, 합정역 근처 1층 카페에 앉아 책을 읽던 중이었다. 맞은편 건물 2층 실용 음악 학원 간판이 눈에 들어왔다. 갑자기 피아노를 치고 싶은 충동에 휩싸였다. 짐을 챙겨 카페에서 나와 좁은 차로를 건넜다.

"안녕하세요, 피아노가 너무 치고 싶어서 그러는데 혹시 한 시간만 치고 갈 수 있을까요?"

스물네 살 봄이었다. 어떻게 그런 용기를 낼 수 있었나 싶다. 잊히지도 않는다.

학원 안 사무실에 앉아 계신 분은 조심스러우면서도 당찬 내 부탁에 당황스러웠을 텐데도 지금은 원생이 없으니 괜찮을 것 같다며 안내를 해주셨다. 얼마를 지불하면 좋을지 여쭈어보니 돈은 됐다고 하신다. 오히려 악보는 있냐며 악보까지 인쇄해주시는 친절을 베푸셨다.

A4용지에 인쇄된 일본 작곡가 류이치 사카모토의 〈Merry Christmas Mr. Lawrence〉를 받아들고 약속대로 한 시간 동안 피아노를 쳤다. 아무래도 고마운 마음을 전해야 할 것 같아 이튿날 다시 찾아가 케이크를 선물로 드렸는데 맛있게 드셨나 모르겠다.

"미친 사람들은 미친 짓을 하니까."

파울로 코엘료의 소설 《베로니카 죽기로 결심하다》의 한 구절처럼.

피아노에 미쳐서.

음악을 연주하고 싶은 사람들은 음악을 연주하고 만다.

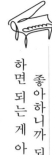

좋아하니까 되는 거예요
하면 되는 게 아니라,

2017년 12월 26일 화요일.

체르니 40번으로 알려져 있는 〈체르니 속도 에튀드 Op. 299〉 중 1번을 아주 느린 속도로 연습한다. 오른손 중지, 약지, 소지를 이용해 차례대로 부드럽게 이어 쳐야 하는데 이게 말처럼 쉽지가 않다. 약지와 소지의 힘이 약해서, 혹은 약지와 소지가 독립적으로 움직이지 못해서가 아닐까 추측한다.

19세기 전반 오스트리아 빈에서는 의사가 500여 명이었던 것에 반해 피아노 교사는 1,600여 명에 달했다고 한다. 그중 베토벤의 제자이자 리스트의 스승이었던 카를 체르니CARL CZERNY는 뛰어난 피아노 교사로 유명했는데 작곡한 곡 중 연습곡만 천여 곡 남짓이란다.

이제 유럽뿐 아니라 한국에서도 체르니 연습곡을 기초 교재로 거의 쓰지 않고 있으니, 선생님께서는 혹시나 내가 원하지 않으면 레슨을 받지 않아도 좋다고 하셨는데 나는 체르니 연습곡이 좋다. 단순해 보이는 진행 속에 분명히 들리는 노래가 나에게는 매력적으로 다가온다.

지금 피아노를 배우는 누구라도, 체르니 연습곡은 지루할 거라며 색안경을 끼고 보는 사람이 있다면 난 체르니 콩깍지를 쓰고 연습곡 40번의 21번을 추천할 것이다.

체르니가 "혹시 여태까지 단조롭게 느껴졌어? 너네 몰랐지? 나 이런 것도 쓸 줄 알아"라고 말하는 것처럼 멋을 내는 곡. 21번을 연습하게 되는 그날까지 일단 1번에 집중한다.

왼손 화음을 친 후 시작되는 오른손 하행 스케일. 모든 앞음표를 점음표로 만든다. 앞부점 리듬 연습. 즉, 앞음은 길게 뒤따라오는 음은 짧게 치는 리듬으로 변화를 주어 연습해보는 거다.

제1마디부터 제4마디까지 다섯 번, 열 번, 열다섯 번. 연습횟수가 늘어난다. 제5마디부터 시작되는 오른손 상행 스케일 역시 앞부점으로 연습한다.

3시 25분에 시작해 3시 45분까지 부점 연습을 하고서 악보상의 박자에 맞게 연주해본다. 크게 거슬렸던 부분이 거슬리지 않을 만큼 매끄럽게 다듬어졌다. 신기할 따름이다.

나는 '하면 된다'라는 말을 싫어한다. 듣기에도 별로고 쓰기도 꺼려진다. 때에 따라 폭력으로 느껴지기도 한다. 그 말은 '된다'라는 결과를 빌미로, 남을 또는 나 자신을 가두거나 낭떠러지로 밀면서 몰아세우고 강요한다. 무조건 하면 되는 게 아니라 좋아해서 곁에 두니까, 마침내 되는 거다.

"그거 알아? 피아노 역사가 300년밖에 안 됐다는 거."

"아, 그래?"

"피아노의 전신이 원래 쳄발로였다는 건 알아?"

"몰라, 그냥 계속 얘기해봐."

"17세기 말에 메디치 가문에서 일하던 이탈리아 쳄발로 제작자 바르톨로메오 크리스토포리가 새로운 건반 악기를 만들기 시작했어."

"잠깐만. 나 사실 쳄발로가 뭔지 몰라. 쳄발로가 뭔데?"

"그 있잖아, 왜 옛날 모차르트 나오는 영화 보면 피아노처럼 생겼는데 건반이 요즘 피아노 건반 색이랑 반대인 거. 검은 건반 위에 흰 건반이 올라가 있고, 건반을 누르면 오르간 소리 비슷하게 나는 거. 본 적 있을걸?"

"오, 본 적 있는 것 같아."

"응. 그게 쳄발로야."

"그다음이 어쨌다고?"

"그러니까 그 쳄발로는 기타와 같은 발현악기처럼 픽 PICK이라는 게 현을 뜯어서 소리를 내는 원리야. 건반을 살짝 누르든 세게 누르든 곡의 강약 조절이 불가능했어. 점점 여리게 혹은 점점 세게 들리는, 뭐랄까 곡의 다이내믹을 표현한다거나 긴장감을 조성하는 데 한계가 있었지."

"그래서?"

"그래서 새로운 악기를 만든 거지. 원래 창작을 하는 사람들이 그렇잖아. 가만히 있지를 못하고 자꾸 뭘 새로 만들려고 하고."

"너처럼?"

"에이, 나는 아직 귀여운 수준이지. 아무튼 현을 뜯어서 소리를 내던 기존의 악기에서 현을 작은 망치로 두드리

는 힘과 그 진동에 의해 소리를 내는 악기로 발전시키려
한 거지."

"잘됐어?"

"처음에는 크게 주목받지 못했는데 18세기 중반에 이르
러서는 크게 환영받았어. 현을 해머로 때리는 힘으로 소
리가 나니까, 연주자가 건반을 누르는 힘을 조절하면 얼
마든지 강약이 조절됐던 거야. 점점 여리게, 점점 세게 소
리를 내는 게 가능해졌고. 그래서 이 악기의 이름을 '그라
비 쳄발로 콜 피아노 에 포르테'라고 불렀지. '세게 혹은
여리게 칠 수 있는 쳄발로.'"

"이름을 아주 그냥 있는 사실 그대로 지었네."

"단순하고 좋지? 너무 길어서 나중엔 '피아노 포르테'라
고 줄여 부르다가, 결국엔 아예 확 줄여서 피아노라고 부
르게 된 거야."

"그때 메디치 가문에서 일하던 그 사람이 피아노를 만들
지 않았다면 지금 우리는 피아노곡을 들을 수 없는 거였
네?"

"점점 작게, 혹은 점점 크게 소리 내는 걸 표현하고 싶었
던 누군가가 나중에라도 피아노 비슷한 건반악기를 만들
어내지 않았을까?"

"피아노는 반드시 있을 수밖에 없는 악기란 거야?"

"응, 반드시."

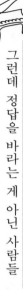

그런데 정답을 바라는 게 아닌 사람들

"그런데 정답은 없어."
"어? 우리 피아노 선생님이랑 똑같이 말하네."

클래식 피아노를 전공한 친구에게 음악 이론에 대해 묻다가 그녀가 과거에 고등학교 입시 실기곡으로 연습했던 곡을 어떻게 해석했는지까지 질문하게 되었다. 〈쇼팽 에튀드 4번 추격〉에 대해 차근차근 설명을 하던 친구가 갑자기 말을 뚝 끊는다.

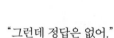

그런데 정답은 없다고.
혹시나 내가 자신의 의견을 듣고 그게 전부라고 생각할까
우려한 모양이다.

"있잖아, '그런데 정답은 없다'고 말하는 거, 클래식 하는
사람들끼리 정한 멘트야?"

선생님이 레슨 중에 하는 말과 접속사까지 똑같이 말하는
게 신기했다.

선생님은 어떤 곡이든 연주자의 해석에 따라 미세하게 표
현이 달라질 수 있고, 더 깊이 파고들기를 원한다면 원전
악보를 찾아보고 다양한 레퍼런스를 접하며 공부하는 편
이 도움이 될 거라는 말씀을 자주 했다.

"여기 **PP**(피아니시모) 표시가 있는 부분이 있죠? 교과서
에서 배웠을 때처럼 막연히 '매우 여리게'라고 생각하지
말구요, 엄청 마른 남자가 조심스럽게 걷는 느낌으로 쳐
볼까요?"

내가 고개를 끄덕이면 갑자기 설명을 뚝 멈추고 이렇게
말한다.

"그런데 정답은 없어요."

'그런데' 정답이 없다는 말은
'원래' 정답이 없다는 말과는 전혀 다른 의미다.
이론은 있지만 표현에 정답은 없다.
규칙이 있지만 해석에 정답은 없다.
좋은 방향은 있지만 그곳에 정답은 없다.
네 해석이 틀렸을지도 모르지만 사실 정답은 없다.

자신의 답을 찾아갈 뿐이지,
정답을 원하는 건 아니라는 말처럼.

두
손

영업시간이 끝난 카페 안, 가장 큰 테이블 위로만 백열등
빛이 비춘다. 테이블 한가운데 놓인 화병에는 진홍색 스키
미아 꽃다발이 풍성히도 꽂혀 있다.

"아무래도 독일 음대에 입학해야 할 것 같아."

올해로 16년째 보는 친구들 '영영진진'이 모였다. 이름 끝
자가 '영'으로 끝나는 둘, '진'으로 끝나는 둘, 이렇게 넷이

모여 '영영진진' 모임이다.

　"세계적인 피아니스트가 될 거야."

막 피아노를 배우기 시작한 진1, 내가 화병을 한쪽으로 치
우고 그 자리를 쇼팽 악보로 채우며 헛소리를 해댄다.

　"아, 재수 없어."

초등학교 4학년 담임선생님인 진2가 또 시작이라는 듯 맞
받아친다.

　"너, 쇼팽 알아? 쇼팽?"

나는 굴하지 않고 거들먹거리며 장난을 친다.

　"네가 이 악보를 보고 칠 수 있다고? 대단하다. 그런데 재
　수 없어."

마주 앉은 영1과 영2는 쟤네들 또 저런다는 듯 신경 쓰지

않고 자기들끼리 근황 토크를 이어간다.

"야, 요즘은 초등학생들도 피아노를 치는 유튜버를 꿈꾸지 피아니스트를 꿈꾸지는 않아."

진2가 이 말을 하자 영1과 영2까지 대화에 주목한다. 나는 도무지 저 말이 믿기지가 않는다. 장난기가 쏙 빠진다.

"정말 요즘 장래희망에 피아니스트를 적는 아이가 없어?"
"응, 없어."

왜 이렇게 단호한 건데? 속으로 생각하고 다시 묻는다.

"과학자는?"
"없어."
"대통령도?"
"응, 없어."
"그럼 선생님은?"
"선생님은 있어."

그나마 다행이라고 생각하지만 어째서 선생님은 되고 싶은 건데?

"선생님은 왜 있어?"
"당장 눈앞에 선생님인 어른, 내가 있으니까."

진2를 제외한 셋은 이 말이 충격적이다.

내가 이제 와서 피아니스트가 되겠다고 말하는 건 허무맹랑한 발언일지도 모른다. 그러나 허무가 아닌 허무맹랑이라면 나쁘지 않다.

초등학교 저학년 때 나는 실제로 장래희망란에 피아니스트를 적었다. 내가 자꾸 피아니스트가 꿈이라고 농담을 하는 건 과거의 힘이 지금까지 미치고 있기 때문이다. 미술을 더 좋아했다면 이제라도 화가나 조각가가 되겠다고 했을 것이다.

어디에서 얼마큼의 진지함을 날려버려야 내가 좀 가볍게 살 수 있을까 고민한다. 이 고민 자체가 진지하잖아. 글러먹었다. 잠시라도 허무맹랑해져볼 수밖에 없다. 이 잠깐이 아니면 매사, 한참을 진지하다가 갑자기 허무해지는 인간이 되고 말 거다. 자유로운 척하지만 실은 계획적으로 행동하고, 게으른 척 보여도 착실하게 일을 한다. 그러다 문득 이게 다 무엇을 위해서였더라? 허무하다. 그러니 맹랑한 꿈이라도 꾸겠다는 거다.

피아노를 치는 연습 영상을 찍을 때마다 나는 건반에 손을 올리기 전에 항상 두 손을 꼭 맞잡았다가 놓는다. 굳은 손을 녹이기 위해 하는 동작인데, 손등에 뼈가 선명히 드러나고 핏기가 도는 그 순간이 내가 봐도 그렇게 간절해 보일 수가 없다.

진2가 아는 초등학생들 말고 어딘가에 피아니스트를 꿈꾸는 어린이가 있다고 믿는다. 그 아이는 피아노를 뛰어나게 잘 치지도, 고가의 과외를 받지도 않는다. 친구들과 하교 후 피아노 학원에 모여 노는 시간을 즐기며 피아노 자체를 좋아하는 아이다.

눈에 보이지 않고, 운이 좋아 눈에 보였다고 해도 너무 멀어 가늠할 수 없는 것들이 있다.

손에 잡히지 않는 것을 잡기 위해 더듬거리는 그 손을 지지한다.

살면서 가사가 있는 노래를 듣지 못했던 시기가 종종 찾아왔다.

세상 모든 사랑 노래, 이별 노래의 노랫말이 내 이야기 같아서.

음악을 멜로디 위주로 들어 버릇해서 가사를 잘 외우지도 못하는 주제에 도대체 어느 감각기관이 한 대 맞고 작동을 시작했는지 가사 한 구절 한 구절이 다 귀에 박혀 못 참겠다 싶을 때가 있었다.

그런 시기가 오면 연주곡 위주로 플레이 리스트를 꾸렸다. 피아노곡, 첼로곡, 바이올린곡, 협주곡을 검색해 꽉 채워나갔다.

베토벤 비창 소나타 1악장을 듣고는 이럴 거면 차라리 가사가 있는 노래를 듣는 게 낫겠다 싶을 정도로 무너지기도 했지만.

나는 클래식곡이 나를 무슨 수로 위로하는지 설명할 수는 없어도, 분명 위로받고 있는 중이라는 건 알았다.

"퇴근 후 기분 전환 할 겸 가벼운 취미로 피아노를 다시 시작하신 줄 알았는데 클래식에 관심이 많으시고, 음악을 대하는 태도에서 진지함이 느껴지니까 저도 모르게 자꾸 금방이라도 입시 준비를 해야 하는 학생 가르치듯 타이트하게 레슨을 하거든요. 잘 따라와주시기도 하니까 다른 사람이라면 관대하게 넘어갈 부분도 몇 번이고 다시 하게 되는데, 스트레스를 받고 계실까 해서요. 혹시, 피아노를 치는 행위 자체에 만족하세요?"

"아뇨, 저 정말 전공자처럼 연주해보고 싶어요. 클래식이 좋으니까 도서관에 가면 꼭 서양음악사 서가를 어슬렁거리고 작곡가들 관련 책을 읽으며 충족했거든요. 함께 감

상하고 음악에 대해 이야기할 상대가 거의 없었는데 이
렇게 선생님을 통해 깊이 있게 공부할 수 있어서 저는 좋
아요."

한 곡을 이해하기 위해서는 작곡가의 인생, 그가 살던 시
대, 그가 살기 이전의 시대, 당대 유행하던 작곡법까지 헤
아려야 한다던데.

　피아니스트들이 단 한 곡을 연주하기 위해 쏟아 부었을
시간을 먼저 헤아려본다.

　내가 그곳까지 가닿기가 쉽지 않을 거라는 건 깊이 생
각하지 않아도 답이 나온다. 하지만 나는 요즘 오랜 시간
짝사랑하던 사람과 겨우 손을 잡은 아이같이 군다.
건반에 손을 올려놓을 때마다 설레니 말 다했다.

아, 할 수만 있다면 이루어지지 않아도 좋으니 영원히 짝
사랑 하고 싶어라.

2. ANDANTE CANTABILE | 안단테 칸타빌레 | 조금 천천히, 노래하듯

잠에서 깨어나다

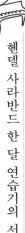

2018년 1월 9일 화요일.

"사라반드는 3박자의 느린 춤곡이에요. 호흡을 더 길게 가져도 돼요. 여유롭게 그리고 우아하지만 장엄하게요. 뭐라고 해야 할까요, 드레스 자락을 움켜쥐고 왕을 향해 천천히 걸어간다는 느낌이에요. 그렇게 시작할게요."

헨델의 사라반드SARABANDE의 주제를 들여다보기 전 선생님은 내가 곡을 이해하기 쉽도록 설명해주었다.

디아벨리 소나티네 1번 3악장 레슨을 끝내고 이제는 헨델의 사라반드에 집중하기로 했다. 디아벨리를 완벽히 소화해서가 아니라, 다른 곡을 통해 더 많은 테크닉과 감정을 익히기 위해서.

바로크 시대 음악가 헨델의 사라반드. 이 곡은 호흡을 충분히 가져야 한다고 선생님이 거듭 당부하신다. 주제에서는 화음이 뭉개지지 않도록 주의한다. 두 번째 박에 강세를 두는 게 이 곡의 특징이라는 말을 들으니, 매 마디마다 지켜야 할 큰 약속이 기다리고 있는 것 같아 긴장이 된다. 변주1을 옹알이 시작한 아이처럼 더듬거린다. 이거 야단났군 싶다.

"선생님, 어떡해요. 너무 어려워요."
"무작정 처음부터 끝까지 연습하지 마시구요. 프레이즈를 구분해서 쳐보세요."

음악에서 프레이즈PHRASE는 글로 따지면 문장의 개념이다. 자연스러운 한 단락의 멜로디 라인(선율선)으로, 악절이라고도 한다. 그래서 악곡의 템포 또는 리듬 그리고 악상에 따라서 프레이즈를 만드는 것을 프레이징이라고 한다.

"그리고 오른손과 왼손을 따로 연습해보시구요. 그렇게 따로 연습을 한 후 충분히 익혔다는 생각이 들면 함께 연주해보는 거예요."

네, 그렇게 해볼게요. 대답은 야무지게 했는데 얼마큼이 충분한 건지 판단이 서지 않아 외우다시피 쳐보기로 한다.

2018년 1월 3일 수요일, 레슨일

1. 페달을 진짜 오랜만에 밟아서 달달 떨었다.

2. 바이올린 현을 보잉하듯이 건반에서 건반으로 넘어가야 한
다.

2018년 1월 6일 토요일

1. 페달 밟는 연습. 건반을 누르면서 페달을 동시에 누르는 게
아니고 선 건반 후 페달.

2. 내 손과 발. 제발 따로 놀아라. 따로 놀아라.

2018년 1월 9일 수요일, 레슨일

1. 손목을 털면서 치는 것이 일주일 사이 거의 없어졌다고 선생님께 칭찬받았다. 이건 당근.

2. "호흡하세요. 숨 쉬어요. 프레이즈 끝나고 여기 쉼표 붙었죠? 쉼표도 노래예요. 이유 없는 쉼표는 없어요. 하나두울, 수움, 숨 쉬어요."

산소통을 매달고 치면 숨을 좀 쉴까. 숨 때문에 야단이 났다. 이건 채찍.

2018년 1월 10일 목요일

1. 오른손만 15분, 왼손만 15분, 양손 함께 30분.

2. 내성과 외성이 존재하는 화음이 있다. '미'와 '솔'을 함께 누른다고 했을 때 주제 멜로디 라인이 '솔'이라면 '미'와 '솔'을 동시에 눌렀어도 '솔'이 도드라지게 들려야 하는 것이다. 이때 '미'를 내성, '솔'을 외성이라고 부른다.

3. 위 2번을 제대로 치기 위해, 건반 위에 올려놓은 손을 응시하면서 손등 뼈의 움직임과 이때 쓰이는 힘을 느껴보려는 나.

2018년 1월 12일 금요일

1. 오른손은 비올라 켜는 소리가 들리게.

2. 왼손은 첼로 켜는 소리가 들리게.

3. 악보를 읽고 건반으로 소리 내는 데까지 걸리는 시간이 단축되고 있다. '단축되고 있는 것 같다'라고 쓸까 하다가 '있다'라고 쓴다. 그게 사실이기를 바라며.

4. 카페 손님에게 연락이 와서 카페로 복귀.

2018년 1월 13일 토요일

카페에 출근해 청소를 하고 손님들을 응대하다보니 어느새 늦은 오후. 혹시나 피아노 학원이 문을 열었을까 싶었는데 다행히 문이 열려 있어 들어갔다. 그런데 30분 내외로 문을 닫아야 한다는 소식. 아쉬운 마음을 감추고 20분 동안 연습했다.

2018년 1월 16일 화요일, 레슨일

1. 주제 부분 제5마디 오른손 중지와 소지로 라-도를 치고 난 후 선생님이 말하기를 "여기 이렇게 상큼하고 깜찍한 소리는 어울리지 않을 것 같아요. 레슨실이 아니라 바로크 시대 어느 궁정에 있다고 생각해봐요. 생각이 중요해요."

2. 변주 1부분 제1마디 제2마디가 한 프레이즈. 제3마디로 넘어갈 때 선생님이 말하기를 "여진 씨, 한 프레이즈 끝나면 숨 쉬어요. 실제로 무대에서 연주하는 사람들 중에서 호흡 소리를 크게 내는 사람도 있어요. 숨 쉬는 거 정말 중요해요."

다시 태어나 간호사에게 등짝 맞고 숨통 트이기 전에 꼭 숨을 잘 쉬는 어른이 되어야지.

3. 레슨 후 연습실로 들어가서. 지금은 바로크 시대, 여기는 궁정, 나는 사라반드를 연주하기 위해 초대된 사람. 지금은 바로크 시대, 여기는 궁정……

2018년 1월 17일 수요일

한파 후, 날씨가 꽤 많이 풀려 카페에 손님이 많이 찾아왔다. 저녁 7시 30분. 피아노를 한 번도 못 쳐서 마음에 돌멩이가 걸려 있다.

2018년 1월 19일 금요일

어제 학원을 결석하고 급하게 연습실. 사라반드 페달 밟는 연습만 25분. 오늘은 쇼팽 왈츠를 더 치고 싶다.

2018년 1월 25일 목요일, 레슨일

1. 첫마디 시작하자마자 선생님한테 제지당하고 들은 말.

"헨델 안 사랑해줬죠?"

"어머, 티가 확 나네요. 네, 저 쇼팽 왈츠에 더 많은 시간을 할애했어요. 어떡하죠, 헨델한테 너무 미안하다."

"아, 지난번에는 첫마디 칠 때 곡 느낌이 잘 살았는데."

"어떡해, 울고 싶다."

"괜찮아요. 다시 하면 되죠."

2. 사라반드를 소홀히 한 죄. 레슨을 마치고 헨델에게 사과하

는 마음으로 사라반드에 집중.

3. 오른손은 노래하고, 왼손 볼륨은 낮게.

4. 내 몸에 무슨 법칙이 있는 것 같다. 한 손에 힘이 들어가면 무조건 다른 한 손까지 힘이 들어가는 법. 이 법칙이 계속 되지 않게 뜯어 말리지 않으면 아마추어 연주자도 되지 못하고 '아'에서 끝나는 거다.

5. 한 손은 크게, 한 손은 작게.

6. 자, 다른 말로 한 번 더. 오른손 볼륨 높이고, 왼손 볼륨 낮추고.

사
라
반
드
한
달
연
습
의
종
결
부

2018년 1월 31일 수요일, 아침 10시.

사라반드 마지막 레슨일.

　긴장하지 않겠다는 다짐과 긴장해서 경직된 마음이 충
돌하면 왜 목이 타는가.

　"시작해볼까요? 털썩 주저앉는 느낌이에요. 드레스자락
　을 쥐고 왕 앞에 나서는데 속으로는 주저앉는 심정으로."

선생님은 스토리를 만들어 곡을 설명하는 분이다. 머리로 단번에 이해하고 그 표현력에 감탄이 절로 나온다. 그렇게 곡을 묘사할 수 있기를 고대하며 첫 음, 오른손 엄지, 검지, 약지로 라-레-파를 누른다. 호흡과 여유가 필요하다.

"저 지난주에 헨델한테 미안해서 이번 주에는 연습 많이 했어요. 진짜 신기한 거예요. 한두 마디 만에 표시가 나는 것이."
"피아노는 거짓말을 안 해요. 피아노 앞에서는 거짓말을 할 수도 없어요. 정신적인 영향을 직접적으로 받아요."

주제, 변주1, 변주2. 한 시간 가까이 집중 레슨을 받았다. 사라반드 레슨이 이렇게 마무리됐다.
이제 이 감각을 유지한 채 다른 곡을 연습하면서도 이 곡에 대한 사랑을 잊지 않을 일만 남았다. 피아노는 여과 없이 내 정신 상태를 반영하며, 거짓말을 하지 않으니까.

호
접
지
몽

꿈은 무의식.

무의식이란, 내 행동에 대한 자각이 없는 상태.

몇 해 전 어학원을 다니며 영어회화를 공부할 때였다. 영
어를 자유롭게 구사하는 친구를 만나기만 하면 나는 "우
리 영어로 대화해."라고 입버릇처럼 말했다.

　당시 일하던 카페에는 외국인 관광객 손님들이 자주 찾
아왔는데 동료들은 내 입버릇에 몹시 익숙해져 영어권 손

ANDANTE
CANTABILE

님이 오기만 하면 나를 주문대 앞으로 쓰윽 밀었다. 이건 장난이면서 격려의 표현이기도 했다.

"나 어제 꿈에서 영어로 말했다?"

캐나다에서 중고등학교를 졸업해 회화에 능한 하나에게 웬 영국 남자와 꿈에서 대화했다는 이야기를 하자, 그녀는 그게 실력 향상의 신호라며 내 기운을 북돋워주었다. 정말 그런 거야? 나 잘하고 있는 거지? 무의식중에도 영어로 말하다니. 칭찬해.

그러니까 꿈은 무의식.
내 행동에 대한 자각이 없는 상태.

사라반드 변주1을 연습하는 꿈을 꾸었다.
　오선지 위 음표와, 음표 위 아래로 건반을 눌러야 할 손가락 번호를 적어놓은 것이 자못 선명하게 보였다.
　아주 열정적이군. 하나가 옆에 있었다면 이건 실력 향상의 신호라고 한 번 더 말해주려나.

꿈속의 내가 현실의 나와 다르지 않다.

꿈과 현실의 경계선이 흐릿해져 꿈꾸는 삶을 살고, 삶을 다시 꿈꾼다. 내 행동을 인지할 수 있는 상태로 돌아와 다시 무의식을 좇아간대도 내가, 현실의 모습과 같아서, 여전한 나라서, 다행스럽다고 느끼는 순간이 앞으로 얼마나 찾아와줄지 모르겠다.

그러니 내가 먼저 찾으러 가는 수밖에 없겠다.

음대 입시를 준비하는 열여덟 소녀가 친구와 함께 교회로 들어간다. 아무도 없는 고요한 평일 저녁의 예배당. 천장은 아득하고 그 높은 천장에 달려 있는 수십 개의 등이 사방에 주홍빛을 뿌려두었다. 익숙한 듯 검은색 그랜드 피아노 앞에 앉은 소녀. 그리고 피아노 건반 끝 쪽에 선 친구. 교회 안이 영 낯설게 느껴지는지 친구가 서둘러 입을 연다.

"요즘 어떤 곡 연습해?"

"이거."

소녀는 머뭇거리지 않고 낮은음자리표 쪽 건반을 양손으로 강렬하게 누르며 연주를 시작한다. 내 친구 인이는 사람들이 모두 빠져나간 교회에서 종종 피아노 연습을 했다. 연습하는 모습을 구경하고 싶다며 따라간 그곳에서 나는 쇼팽 발라드 1번을 처음 들었다.

이것이 쇼팽 발라드 1번 G단조 Op.23과 나의 첫 만남이다. 그날 나는 정말 놀랐다. 열여덟 살의 나는 여태껏 그런 음악을 들어본 적이 없었던 것이다. 그 후부터 인이가 피아노 앞에 앉아 자세만 잡으면 다짜고짜 쇼팽 발라드 1번부터 연주해달라고 부탁했다.

그러나 매일 인이의 연주를 들을 수 있는 것은 아니었으므로 차선책이 필요했다. 쇼팽 발라드 1번이 수록된 음반을 찾기 시작했다. 솔직히 피아니스트보다는 클릭비 오빠들이 더 좋았던 고등학생 나는 어떤 연주자가 내 감성의 조각과 맞는지 당장에 조립해볼 수 없었고, 아무리 유명하다고 해도 외국 음악가는 익숙하지 않았기에 어디에선가 들어본 이름, 임동혁 피아니스트를 선택했다. 그렇게 그를 통해 쇼팽 발라드 1번과 재회했다.

제2차 세계대전을 배경으로 한 로만 폴란스키 감독의 영화 〈피아니스트〉에서 폴란드인 스필만은 폐허가 된 도시 속에서 한 폐가를 은신처로 삼는다. 그러던 중 순찰을 돌던 독일 장교에게 존재를 들키고 만다. 통조림을 품에 안고 있는 스필만에게 독일 장교는 신분을 묻는다.

"피아니스트였습니다."
"연주해봐."

독일 장교의 한마디에 스필만은 창가 옆에 놓인 그랜드 피아노 앞에 앉는다. 피아노 위 한쪽에는 스필만이 내려놓은 통조림이 있고, 그 반대편에는 독일 장군의 군모가 있다. 커튼 사이로 새어든 달빛이 어둠을 갈라놓고 삶과 죽음의 경계에서 쇼팽의 발라드 1번 G단조가 흐른다.

영화를 보고 난 후 나는 폴란드에서 태어난 쇼팽이 이 곡을 통해 무엇을 말하려고 한 건지 감히 짐작해보았다. 나아가 다른 피아니스트들은 이 세계를 어떻게 그려내는지 궁금했다. 그 후 나는 이 곡을 찾아 듣기 시작했다. 그러나 이상하게도 블라디미르 호로비츠나 크리스티안 짐

머만, 아서 루빈스타인이 연주한 쇼팽 발라드 1번이, 임동혁이 내게 안긴 감동을 넘어서지 않았다. 같은 악보라고 해도 연주자의 표현에 따라 소리가 달라지는데 임동혁 피아니스트가 내는 소리가 내 감성을 건드린 것이다. 독일 출신, 프랑스 출신, 러시아 출신 피아니스트의 연주를 들을 때 생기지 않는 육감이 오소소 살아난다. 임동혁의 연주가 그랬고 이후 조성진의 연주가 그랬다.

처음에는 '역시 한국인의 정서 때문인가'라고 생각했는데, 임동혁은 열 살 때 러시아 모스크바로 넘어가 살았고 독일 하노버, 미국 뉴욕에서 지냈으며 조성진 또한 프랑스에서 공부를 했는걸. 나는 그들의 진짜 정서를 알 수 없다. 그러니 그저 그들이 내는 소리가 내 감성의 결에 잘 스민다고 말할 수밖에.

밤 11시, 퇴근길. 버스에서 내려 집 앞에 다다랐을 때 귀에 꽂은 이어폰에서는 임동혁 데뷔앨범에 수록된 쇼팽 발라드 1번이 코다(종결부)를 향해가고 있었다. 미간에 금이 간다. 마음이 구겨지는 중이라는 신호다.

실제 연주도 아닌데 나는 곡을 끊지 못한다. 이렇게까지 할 일인가. 그러나 정말 임동혁 피아니스트의 쇼팽 발라드 1번은 정말 한번 들으면 그 굽이치는 결을 강제로 끊지 못하겠다. 방금 나도 모르게 '정말'이라는 말을 두 번이나 썼을 정도다.

　인력을 무력하게 하는 힘이 느껴지는 곡. 현관문 앞에 서서 그가 연주한 음악을 끝까지 다 듣는다. 클래식에 깊은 조예가 있는 것도 아닌 나에게 음악적 상상을 가능하게 하는 연주.

　피로마저 잠시 숨을 죽인다.

"인간은 나이와 상관없이 무언가를 계속 배워야 해. 신기한 건 아무리 배워도 배울 수 있는 게 자꾸 생긴다는 거야."

흘러내린 동그란 안경테를 왼손 검지로 치켜 올리며 지리 선생님께서 말씀하신다. 고등학교 지리시간. 선생님은 수업 중에 조는 아이들의 잠을 깨우겠다는 목적으로 교과 이외의 이야기를 꺼내셨을 텐데, 내가 지리적 특성으로 인해 이 땅에 무슨 일이 있었는가는 설명할 수 없어도 선생님의 저 말은 기억해 여기에 이렇게 쓰는 걸 보니 어느 정도 목적 달성을 하신 거다. 선생님께서는 당시 십자수였던가, 구슬 팔찌였던가, 좌우지간 '실'로 무얼 꿰어 만드는 걸 배우는 중이라고 하셨는데, 사람은 무언가를 배움으로 인해 더 나은 삶을 살 수 있다고 장담했다.

스무 살이 지나고 나서 내가 무얼 배웠나 돌이켜본다.

고등학교를 졸업하자마자 교복점 아이비클럽에서 두 달간 단기 아르바이트를 하며 신체 치수 재는 법을 배웠다.

그다음은 패밀리레스토랑 아르바이트를 시작해 각종 음료 제조법과 음식 주문 받는 법과 식자재 관리법, 어떻게 하면 한꺼번에 최대한 많은 접시를 들고 서브를 할 수 있는가를 배웠다.

그 후 스타벅스에 입사해 커피 제조법을 배우고 발주 넣는 법을 배우고 재고 관리법을 배웠다. 내가 일하는 홍대 앞 매장에는 외국인 손님이 많았는데 그들과의 원활한 의사소통을 위해 어학원에 등록해 영어를 배우기도 했다.

그러는 사이에 새로운 인간관계를 형성하며 인성적으로 영향을 받을 만한 배움이 많기도 했으나 이 분야는 작정하고 배운 게 아니니 잠시 넣어둔다.

스타벅스를 그만두고 입사한 방송제작 프로덕션에서 막내 작가로 일하며 자료조사 하는 법과 출연자 캐스팅 하는 법을 배우고 자막 쓰는 법을 배웠다. 막내 작가로서 해야 하는 일이 적성에 맞지 않아 내 성격을 그만두고 싶을 무렵 나는 그냥 일을 그만두었다. 그리고 다시 카페 일을 구해 근무하며 핸드드립 하는 법과 커피로스팅 하는 방법을 배웠고 이 일을 지금까지 하고 있다.

눈치 챘을지도 모르겠지만 여태까지 나열했던 것을 종합해보면 모두 돈을 벌기 위해서, 혹은 돈을 '잘' 벌기 위해서 배운 것들이다. 배우지 않으면 일을 진행할 수 없었다. 쓸모 있는 사람이 되기 위해 쓸모 있는 것을 배웠다. 그렇지 않으면 돈줄이 끊길 터였다. 틀림없이 직업을 사랑했고 내가 하는 일이 자랑스러웠지만 그 출발에 먹고살기 위해서라는 이유가 빠질 수 없었다. 내가 뒤처지지 않게 잘할 수 있는 일을 취사선택했고 더 이상 잘해낼 수 없다는 판단이 서면 그만두었다. 좋아해서 시작한 게 아니라 하다보니 좋아진 것들이 대부분이다. 이력서에는 "커피를 좋아해요, 방송작가가 꿈이었어요"라는 뉘앙스를 폴폴 풍기며 글짓기를 하고 '먹고살기 위해서입니다'라는 말은 과감히 생략했다. 진짜 하고 싶은 걸 늘 맘에 품은 채 '이만하면 내가 이 일을 해도 스트레스 때문에 죽지 않고 괜찮겠지' 싶어 손댄 일이 나를 등쳐먹지 않고 꾸준히 먹이고 살려주는 것에 감사하다. 그러나 학창 시절 지리 선생님께서 교과목을 연구하고 학생을 가르치는 것과 별개로 다른 배움을 이어나간 것을 떠올리니, 나의 이십대는 갖가지 핑계로 먹고사는 데만 급급했구나 싶기도 하다. 졸음에서 벗어나 교탁 앞에 서 있는 지리 선생님을 바라본다.

"사람은 배움을 이어감으로써 더 나은 삶을 살 수 있어."

잠에서 완전히 깨어난다.

피아노를 다시 배울 뿐인데 이전보다 나은 삶을 사는 사람이 된 것 같아 소름이 돋는다. 의도 자체가 순수하다. 아무런 대가를 바라지 않고 내가 나를 만들어가는 일이 이렇게나 초감각적인 일인지 미처 몰랐다.

악곡을 외우는 것을 '암보'라고 한다. 피아노를 칠 때 이런 암보가 빛을 발하는 순간이 있다. 악보를 외우는 능력이 부족한 나라도 몇 마디는 외워서 치는데, 악보가 아닌 손가락을 보면서 연습을 해야 할 경우가 그렇다. 이를 테면 손가락 번호를 매번 다르게 치게 되는 구간, 또는 부드럽게 연결하지 못하고 건반을 잘못 짚게 되는 부분은 외운다. 하지만 사실 더 정확히 말하자면, 억지로 외우는 게 아니라 셀 수 없이 많이 치다보니 저절로 손가락이 간다.

곡의 형식과 리듬의 패턴, 화성, 스케일의 구조를 분석하는 능력이 생기면 악보 전체를 머릿속에 그려 넣어, 암보가 지금보다는 더 쉬워지겠지. 가까운 훗날을 기약하며 테크닉을 연마한다.

현대 음악에서, 실내악의 경우 암보를 하고 있다 해도 악보를 놓고 연주하는 것이 보통이지만 독주곡인 경우에는 악보 없이 연주하는 게 관습화되어 있다. 그런데 19세기 중반까지만 해도 악보 없이 연주를 하는 것은 악보에 적힌 작곡가의 의도를 놓치기 쉽다는 이유에서 창작자에 대한 모욕이자 무례하고 건방진 행동이었다고 한다. 이러한 과거의 관습을 깨고 독일의 피아니스트 클라라 슈만은 음악사상 처음으로 악보 없이 무대에 올랐다. 그녀는 베를린에서 베토벤의 피아노 소나타 23번 〈열정〉을 악보 없이 외워서 연주했다고 한다.

선생님도 악보에 구애받지 않고 연주하는 순간 새로운 세상이 펼쳐질 거라며 내게 암보를 적극 추천하셨다.

단 몇 악절이라도 악보에 시선을 두지 않고 연주해본다. 음정들 사이사이에 박힌 자갈을 빼내는 기분으로 시간 가는 줄 모르고 연습한다. 물기를 털어내듯 손을 탈탈 터는 시늉을 하고 호흡을 고르고 이제 좀 매끈해졌을까, 떨리는 마음으로 첫마디를 시작한다. 자갈밭이 모래사장으로 변한 것 같다. 이제 물결만 남게 할 수 있다.

조금 틀려도 괜찮다. 내가 전공자가 아니기 때문에 스스로를 봐주는 것이 아니라, 절대 외울 수 없을 듯했던 곡의 한 부분을 내 감각이 오롯이 기억하고 있기 때문이다. 외워서 연주하면 힘차게 날갯짓을 하며 하늘로 날아오르는 기분이 든다고 했던 클라라 슈만.

오늘 나는 하늘까지 닿지는 못했더라도 힘찬 날갯짓만큼은 했다.

"언니, 피아노 치는 영상 SNS에 또 올려주세요."

전 직장 동료에게 문자가 왔다. 따뜻한 말들로 안부를 주고받던 중 피아노 이야기가 나왔다.

"연습은 매일 하는데 아직 부족해서 못 올리겠어. 제대로 연습해서 올릴게."
"지금도 좋은데? 잘 치는 것 같던데?"

"아니야, 아직 멀었어."

나는 잘하는 게 아니라고 극구 부인한다.

"그치, 치는 사람이 아는 거지. 연습 많이 해서 꼭 올려줘
요."

조만간 만나자는 말을 끝으로 문자를 마무리했는데 영 찝
찝하다.

'치는 사람이 아는 거지.'

이런 말을 하게 만든 게 너무 미안하다. 내 마음에 들지 않
는 연주였어도 감상은 듣는 사람의 몫이다. 듣는 사람이
좋았다면 좋은 거다. 친구의 감상을 부정한 꼴이 됐다. 꼭
그래야 했을까. 겸손도 적당히 떨었어야지.
　지수야, 미안해. 치는 사람이 아는 게 아니야. 나는 아무
것도 몰라.

"여진. 너 피아노 연습 일기 SNS에 올린 거 읽다가 좋아

서. 갑자기 새벽감성됐어. 왜 눈물이 나는지 모를 일이야. 너의 글이 좋고, 너의 마음, 너의 감정을 글로 옮겼을 때의 뭔가가 좋아. 네 감정이 담긴 연주는 어떨까? 엄청 좋겠지. 상상을 방금 해봤다. 일기장에 혼자 쓰려다가 어차피 쓰는 김에 문자를 보낸다. 건강하자."

아침에 잠에서 깨 휴대폰을 확인했는데 새벽 4시 50분에 두나가 보낸 문자가 와 있다.

나는 잘하고 있어. 내 연주는 들어줄 만해. 듣고 싶다면 한 번 해볼게. 처음부터 자신감 넘치는 인간이 되지 못하고 타인이 좋다는데도 칭찬을 흡수하지 못하는 내 태도가 거슬린다.

내가 자주 하는 말이 있다.

"내가 잘할게."

친구들의 응원이, 격려가, 나를 좋아해주는 마음이, 애틋하다.

너희들이 좋다면 좋은 거지.

계속 같이 놀자.

내가 더 잘할게.

부분 연습의 효과를 체험하고 흥분을 감추지 못하고 있다. 지난 금요일, 7시 30분부터 9시 30분까지 쇼팽 왈츠 10번 B단조를 연습했다. 어떤 느낌의 곡인지 많이 들어 알고 있으니까 나도 그럴싸하게 연주해보고 싶어 욕심을 좀 부렸다. 메트로놈 ♩ = 63, 그러니까 아다지오ADAGIO ♪ 느낌에 맞춰 매우 느리게 세 번 정도 연습한 후에는 계속 빠른 템포

♪ 아다지오ADAGIO: 음악에서 '천천히' '매우 느리게'를 뜻하는 빠르기 말.

로 연습했다. 틀리는 부분은 계속 삐걱대고 박자는 좀처럼 맞지 않고 루바토는 시도해봤자 카세트테이프가 씹힌 것처럼 답답하게만 들렸다. 그럼에도 이번에는 되겠지, 될지도 몰라, 하며 오기를 부렸다. 선생님이 들었다면 연습실로 찾아와 이렇게 하면 실수를 계속 반복할 뿐이라고 한 말씀 했을지도 모를 일이다. 두 시간의 사투 끝에 '그래도 곡의 흐름은 느껴본 거야' 위로하며 피아노 학원을 빠져나왔다.

주말 내내 틈만 나면 피아니스트 임동혁과 예프게니 키신EVGENY KISSIN의 연주 동영상을 보았고, 오늘은 월요일. 출근하기 전에 한 시간 정도 마음 편히 연습할 수 있을 것 같아 학원에 들렀다. 피아노 앞에 앉아 전략을 먼저 짠다. 사과 열매 전략. 몇 회를 어떻게, 어느 속도로 쳤는지 사과를 그려가며 체크해본다. 우선 스케일 연습으로 손가락의 긴장을 줄여보자. 체르니를 메트로놈 ♩ = 60으로 지정하고 15분을 연습하니 열매가 다섯 개 맺힌다. 떨리는 마음으로 쇼팽 악보를 편다. 오늘은 욕심 부리지 않아. 서툴렀던 부분을 서투르지 않게 하는 것이 목적이야. 왈츠는 4분의 3박자 춤곡이지. 강약약 강약약은 염두에 두되 쇼팽이 만든 아름다운 멜로디를 살려보는 거야. 페달을 아무 때나

밟으면 전체가 지저분해지니까 주의를 기울여서. 또 어설프게 루바토를 할 생각하지 말고 셈여림을 먼저 지켜보자. 몇 번을 쳐도 8-9-10 마디에만 도달하면 틀리니 세 마디만 오른 손가락 레가토 집중 연습해야 해.

왼손만 단독으로 연습해서 사과 열매 다섯 개, 페달을 누르면서 왼손만 다시 연습해서 열매 다섯 개, 오른손만 따로 연습해서 다섯 개.

피아노 앞에 앉은 지 한 시간 만에 사과를 붉은 색연필로 색칠하고 싶다는 생각까지 하다가 양 손을 함께 쳐야 할 순간임을 직감했다.

심장 박동이 가슴팍을 빠르게 툭툭툭 친다. 꽤 침착하게 처음부터 연습한 데까지 마무리를 지었다. 내가 치고도 놀라지 않을 수 없다. 지난주 금요일 연달아 틀리던 부분이 해결된 것이다. 태림출판사 악보를 기준으로 첫 페이지, 총 서른네 마디를 한 번도 실수하지 않고 연결해서 연주했다. 운이 좋았던 걸까? 혹시나 하고 한 번 더 건반에 손을 올렸는데 다시 해도 틀리지 않았다. 이 부분만큼은 악보를 읽는 데 급급하지 않고 노래하며 연주할 수 있는 길이 열린 것 같았다. 심지어 왈츠 10번이 나를 허락해준 건가 하고 약간의 감동이 밀려왔다.

얼렁뚱땅 심은 씨앗에서 탐스러운 열매가 나올 리 없다.
호들갑 떨기는 싫지만, 성실하게 농사짓는 사과밭 농장주
로서 수확할 날이 기다려지는 건 어쩔 수가 없다.

건반에 떨어지는 일

흐르지 않은 눈물이

"첫 음표에 악센트가 나와 있지만 이건 단순히 세게 치라는 의미가 아니에요. 테누토TENUTO(음의 길이를 충분히 유지하는 것)에 가까운 느낌으로, 굵은 눈물 한 방울이 건반에 똑 떨어진 느낌이에요."

레슨이 끝날 무렵 선생님으로부터 조언을 듣는다. 쇼팽 왈츠 10번 B단조의 첫 음 F#을 별 감흥 없이 누르면 안 된다는 뜻이다.

"그리고 여진 씨, 지금 안개가 자욱한 숲처럼 연주하시는데, 그 느낌도 나쁘지는 않지만 건반을 더 깊게 누르면서 오른손 레가토를 신경 써 선명하게 친다면 더 좋을 것 같아요."

마지막에 조언을 한마디 더 덧붙인다.

"아, 어떤 느낌인지 알겠어요."

추상적인 표현 방식에 혹시나 내가 이해하기 어려웠을까 끝까지 걱정의 끈을 놓지 않는 선생님을 안심시켜드려야지.

"저, 해볼게요. 느낌 왔어요. 연습실에서 조금만 더 치다가 갈게요."

연습실 문을 열고 연갈색 피아노 뚜껑을 올린다. 건반을 앞에 두고 앉아 자세를 잡는다. 레슨을 받는 동안 익힌 감이 도망가지 못하도록 곧바로 연주에 집중하려 한다. 그런데 자꾸 첫마디에서 손가락이 멈춘다. 첫마디에는 올림표

두 개가 붙어 있는 조표와, 건반에서의 F음표 한 개 뿐인데 한 음이 절대 한 음 같지가 않은 건 어째서일까. 오른손 4번 손가락으로 F#음을 조심스럽게 누른다. 그다음 마디의 G음으로 이어가지를 못하겠다.

음대 입시 실기 현장을 직접 보지는 못했지만 선생님께 전해들은 바로는, 실기를 치르는 학생의 호흡과 첫 음 터치만으로도 교수들은 그날 그 학생의 연주를 짐작할 수 있다고 한다. '아' 소리만 들어도 그 사람의 목소리를 알 수 있는 것과 같은 이치인가. 전해들은 이야기이니 적당한 비유를 찾아본다. 그러나 이 비유대로라면 첫 음은 첫인상인 것이다. 내가 이해한 곡의 흐름을 알리는 첫 목소리를 건조하게 내지를 수 없다.

자, 이제 음표 위에 올라가 있는 악센트에 물기를 적셔 보자.

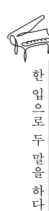

한 입으로 두 말을 하다

"멋진 걸 찾아냈어요."

후지이 이쓰키의 집으로 그녀의 모교 도서부 후배들이 찾아왔다. 교복 차림의 후배들이 반짝이는 눈으로 후지이 이쓰키에게 책 한 권을 건넨다.

"뒷면을 보세요, 도서 카드요."

영문을 모르겠다는 듯 어리둥절한 표정으로 이쓰키는 책에 꽂혀 있는 도서 카드의 뒷면을 확인한다. 자신의 고교 시절 초상화가 연필로 그려져 있다. 그녀는 그것이 자기와 똑같은 이름이었던 동급생 후지이 이쓰키가 그려놓은 그림임을 안다. 바람이 이쓰키의 머리칼을 흔들고 마당 옆에 심긴 나무들은 잎사귀를 비비며 바스락거리는 소리를 흩트린다.

"와나타베 히로코 님, 가슴이 아파서 이 편지는 보내지 못하겠습니다."

책을 품에 꽉 안은 이쓰키의 이 독백으로 영화는 끝난다. 이와이 슌지 감독의 1995년작 영화 〈러브 레터〉의 마지막 장면이다. 이미 수차례 봤어도 볼 때마다 새롭게 느껴지는 작품들이 있다. 내겐 그중 하나가 〈러브 레터〉다. 겨울의 한가운데 서 있으니 두 명의 이쓰키, 그리고 히로코가 그리웠다. 영화의 사운드트랙은 배우지 않아도 된다고, 무조건 고전 피아노곡이 좋다고 해놓고서 〈러브 레터〉의 메인 테마 〈A Winter Story〉 악보를 찾았다.

쇼팽을 연습하면서 기분 전환 겸 한번 연주해보려고 했

는데 듣기보다 치기가 어렵다. 첫마디부터 조성이 바뀌기 전 제12마디까지만 해보자. 손가락 번호를 어떻게 해야 편하게 칠 수 있을지 고민해본 다음에 오른손 멜로디 라인을 연습하고, 왼손 연습을 하고, 양손 합쳐 다시 쳐보고, 페달을 어디에서 떼었다 붙일 것인가 방황한다. 한 번만 더 쳐봐야지, 딱 한 번만 더 쳐봐야지, 이제 진짜 마지막으로 30분만 치고 끝내야지, 하다가 시계를 확인하니 두 시간이 지나 있다. 벌써 밤 10시.

집으로 돌아가는 버스에 올라타 일본 작곡가 유키 구라모토가 연주한 〈A Winter Story〉를 재생한다. 의자에 눕다시피 기대앉아 차창에 머리를 기댄다.

잘 지내고 있나요? 저는 잘 지내고 있어요.

금세 창에 서리가 낀다.

감동의 촉감

88개의 피아노 건반.

피아노 건반 한 개의 무게는 70그램.

각자 다른 소리로 내며 퍼져가는 88개의 70그램들.

전과 다른 공기의 흐름이

피부에 닿는 것을 느끼는 일.

열다섯 살에 만난 재클린

중학생 시절, 그러니까 세기말이 지나 21세기가 도래했는데도 지구가 여전히 멸망하지 않고 잘만 자전, 공전하는 것에 한시름 놓았을 무렵이었다. 내 친구 '니노 부인'은 첼로 과외를 받고 있었다. 니노 부인은 2000년대 초반 일본 드라마를 비롯해 J-pop, J-rock이 지금의 K-pop처럼 유행하던 시기, 일본 연예 기획사 쟈니스 소속 아이돌 '아라시'의 멤버 니노미야 카즈나리의 열혈 팬이었는데, 그녀는 우리 우정 오래오래 변치 말자며 끝맺는 편지 맨 마지막에 늘 자신을 니노 부인이라고 칭했다. 생김새마저 니노와 닮았던 그녀의 실명을 거론할 수 없어 여기서는 그녀를 니노부인이라고 부르겠다. 니노 부인과 나는 서로 반은 달랐지만 사물놀이 동아리에 함께 가입한 후 붙어 다니기 시작했는데 그때 니노 부인이 방과 후에 첼로 과외를 받는다는 걸 알게 됐다. 나는 그녀가 첼로를 배운다는 이유 하나만으로 첼로곡을 찾아 듣기 시작했다. 듣고 좋으면 니노 부인에게 켜달라고 조를 심산이었다. 첼로곡을 어떻게? 소리바다에서 wma파일을 다운받아서. 무엇으로? 윈앰프 프로그램으로. 언제, 어디서? MP3플레이어가 없던 시절이었기에 집에서 컴퓨터를 할 때에만.

임동혁 피아니스트의 곡을 찾아 들었을 때처럼 외국인 첼리스트는 낯설어 이름이 왠지 익숙한 장한나 첼리스트의 레퍼토리를 살폈다. 장한나 첼리스트가 연주한 오펜바흐 JACQUES OFFENBACH의 〈재클린의 눈물LES LARMES DE JACQUELINE OP.76〉은 내가 태어나서 처음으로 작정하고 찾아 들은 첼로곡이다. 순전히 제목이 마음에 들어 듣게 되었는데 배경 이야기를 알고 보니 그 곡에 매료되지 않을 수 없었다.

이 곡은 프랑스 오페레타OPERETTA 의 창시자라고 불리는 오펜바흐가 작곡한 곡으로 그의 작품목록에는 올라 있지 않은 미발표 곡이었다. 오펜바흐가 세상을 떠나고 60여 년이 흐른 후 1986년, 이 미발표곡을 독일의 첼리스트 베르너 토마스가 우연히 발견한다. 그는 동시대를 살았던 영국 첼리스트 재클린의 이름을 붙여 제목을 짓고 세상에 소개한다.

영국 옥스퍼드에서 태어난 재클린 뒤 프레JACQUELINE MARY DU PRE는 5세에 본격적으로 첼로를 시작해 16세에 리사이틀을 통해 데뷔했으며 17세에 엘가의 첼로 협주곡을 협연한다. 그 이후 천재라는 수식어가 따라붙으며 세계적인 첼리스트로서 각광을 받는다. 1967년 지휘자이자 피아니스트인 다니엘 바렌보임과 결혼해 음악 활동을 활발히 이어갔으나 얼마 지나지 않아 28세의 나이에 다발성 뇌척수 경화증 증상을 호소한다. 발병 후 증세는 점점 악화되어 재클린은 첼리스트로서의 역량을 더 이상 발휘할 수 없게 되었을 뿐 아니라 나중에는 눈물조차 마음대로 흘릴 수 없는 지경에 이르렀다고 한다.

♪ 오페레타OPERETTA: 보통 희극적인 주제의 짧은 오페라.

재클린이 베르너 토마스 덕분에 오펜바흐의 곡에 기대 실컷 울 수 있게 된 것만 같다.

나는 열다섯 살에 니노 부인을 만나 재클린까지 만났다. 하나와 맞닿았을 뿐인데 그 곁에 머무는 것까지 자연스럽게 흡수한 거다. 인이를 만나 쇼팽 발라드 1번을 만나게 되었듯. 장한나 첼리스트의 첼로곡을 들으며 바이올린, 비올라는 어떨지 궁금해 비교하게 되었듯.

피아노를 좋아한다고 해서 피아노만 좋아한 건 아니었다. 지금도 좋아하는 파가니니NICOLÓ PAGANINI도 하이페츠 JASCHA HEIFETZ도 모두 중학교 때 알게 된 바이올리니스트들이다.

한번 빠져버린 음악은 오랜 친구가 되어 시간이 흐를수록 나와의 추억을 쌓아가고 내 손길을 탄다. 사람의 음악 취향은 쉽사리 변하지 않는다. 변주가 되어도 주제가 변하지는 않는다.

19세기에 만들어진 슬픈 선율이 20세기가 되어서야 널리 알려졌다. 21세기가 되어서도 지구는 멸망하지 않고 자전, 공전을 하고 있다. 말이 나온 김에 〈재클린의 눈물〉을 재생한다. 휴대폰을 들고 음원사이트 앱을 킨 다음 '장한나' 이름 석 자를 넣어서 검색한다.

타임 슬립을 해 열다섯 살로 돌아갈 수는 없지만 데스크톱 컴퓨터 앞에 앉아 '친구에게 연주해달라고 해야지' 설레던 나는 돌아볼 수 있다.

재클린을 부르면 마음속 서랍장에 있던 열다섯 살의 내 모습에 조명이 켜진다.

다시, 순수

　　"요즘 초등학교 4학년생들은 뭘 배워?"

　맥주 캔을 따 '짠'을 외치고 초등학교 선생님 진2에게 물었다. 과학에서는 식물의 한살이를, 사회에서는 어촌의 생활 모습을, 수학에서는 180 나누기 20의 답을 구하는 법을, 국어에서는 소설의 3요소를 배운단다.

　　"어? 나 소설의 3요소 맞혀볼래."

머리를 굴린다. 인물, 배경, 아 그리고 뭐더라. 상황이었
나?

머리만 굴려야 할 걸 검지로 테이블을 톡톡 치자 진2가
힌트를 준다.

"놀부가 흥부를 어떻게 했어? 이야기가 되려면 뭐가 있
어야 해? 사건이 일어나야지?"
"너 선생님 맞네. 엄청 선생님처럼 설명해주네."

초등학교 6학년 때 우리 5반 담임을 맡았던 박수현 선생
님은 당시 스물여덟 살이었다. 지금의 나보다 어린 나이
다. 그때는 한참 어른인 줄로만 알았는데 지금 당장 내 친
구와 내 모습을 보니 선생님도 대학 졸업 후 임용고시를
치르고 사회로 나온 지 몇 년 되지 않은 젊은이였던 거다.

"너희 반 아이들도 지금은 네가 엄청 어른 같겠지? 나랑
지금 캔 맥주 마시면서 시답잖은 농담이나 주고받는 영
락없는 앤데."
"선생님들도 지금 우리가 하고 있는 얘기를 십여 년 전에
친구들과 나눴겠지. 그런데 너는 그때 한편으로, 네가 다

컸다고 생각하지 않았어? 나는 그랬는데."

그것도 그렇다. 어른은 어른대로 존재하고, 나는 나대로
내가 다 컸다고 생각했다. 마치 은희경 작가의 소설《새의
선물》속 주인공 같았다.

  가만히 관찰하면 아이들만큼 진지한 그룹은 없다던, 소
꿉놀이를 할 때, 블록을 쌓을 때, 그들은 한없이 진지하다
던 박찬욱 영화감독의 말이 생각난다.

내가 일하는 카페는 아파트 상가 건물 2층에 있는데 아래
층에는 클레이 미술학원이, 위층에는 태권도장과 수학 학
원이 있으며, 건물 앞 도보 5분 거리에는 초등학교가 하
나 있다. 하루에 적어도 서른 명 이상의 초등학생과 스치
는 근무 환경이다. 친구들과 우르르 몰려다니며 이야기 나
누는 걸 얼핏 들어봐도 그들에게는 분명 그들만의 세계가
있다는 걸 느낄 수 있다. 타인의 눈치를 볼 필요 없이 자기
세계에 빠져 살아도 되는 유일한 시기라 가능한 일인지도
모른다. 사춘기를 거치면 그 순수함에 점점 금이 가기 시
작하고.

  다시 살아 겪어볼 수 없으니 추정만 한다.

어른이라고 생각했던 선생님의 나이를 이미 훌쩍 넘겨버린 나. 더 이상 아이들이 세상을 대하는 태도로 세상을 바라볼 수 없는 거겠지.

다시, 순수해질 수는 없을까.

등장인물은 나. 내가 머무르고 싶은 배경에서, 내가 주체적으로 사건을 만들어가며, 그 삶에 사심 없이 집중해서, 타인의 눈치는 보지 않고 진지하게 내 이야기를 쓸 수는 없는 걸까.

아니, 어쩌면 방금 질문을 던진 순간 이야기가 시작된 것일지도.

시
작
표

문서를 쓸 때에는 쉼표, 마침표, 말줄임표와 같은 점이 필요하다. 그런데 시작표라는 점은 없다. 시작표라는 말도 없어서 지금 내 한글오피스 파일에는 오타를 지적하는 붉은 줄이 그어졌다. 내가 말한 시작표를 사람들은 '들여쓰기'라고 부른다. 문서 작성을 시작할 때, 혹은 다음 챕터로 넘어가야 할 경우 한 칸을 띄어 쓰고 시작한다. 인쇄가 완료된 문서들에서 디자인적인 이유로 들여쓰기가 실행되어 있지 않더라도 '처음 왼쪽 글머리에 비워두는 한 칸'이

갖고 있는 의미를 편집자가 모르지는 않을 것이다.

랩톱 컴퓨터를 켜 한글 파일 창을 연 다음 스페이스 바를 누른다. 문단이 시작되는 것을 표시하는 공백. 이야기가 곧 펼쳐질 거라는 암시. 나는 이 들여쓰기의 순간 내가 만든 '시작표'라는 점이 찍혔다고 여긴다. 지금부터 이야기를 할 건데 이 '한 칸'에서 잠시 '쉬고' 할 거라고. 호흡이 필요하다고. 숨을 한두 번 고른 후 글을 써내려갈 수도 있지만 곧장 쓰지 못하고 속으로 곰곰이 문장을 곱씹어볼 수도 있다고. 하지만 한 칸을 띄우는 순간 마음속의 이야기가 진행 중이라는 건 틀림이 없다고.

음악가 H. 노이하우스는 "재능 있는 사람의 비밀은 손가락을 건반에 놓기 전 머릿속에서 음악이 완전히 살아 숨쉬게 하는 데 있다"고 말했다. 지난 시간 선생님으로부터 예비박에 대해 들었다. 건반을 누르기 전에 마음으로 내가 어떤 템포로 어떻게 연주할지 미리 노래하는 것. 나는 이 행위가 꼭 일종의 들여쓰기처럼 느껴진다.

내가 느끼는 음악은 내가 느끼는 문학과 많이 닮았다.

건반에 손을 올리기 전, 피아노 앞에 앉아 호흡을 가다듬는 피아니스트의 모습. 눈에 보이는 음표의 박자 이전, 연주자 내면의 박자. 아무 소리가 나지 않아도 이미 시작된 노래. 피아노 주변을 에워싸는 기운.

아직 서툴러서 내가 표현하려는 이야기가 노래로 풍성하게 울리지는 않지만 그래도 초조하지는 않다. 다른 사람이 얼마나 치고 있는가 비교할 필요도 없다. 이미 마음속에는 들려주고 싶은 내 노래가 있다. 글을 쓰기 전에 찍었던 점. 보이지 않는 나만의 점. 이제 피아노 앞에서 한 칸 띄워놓고 숨 쉬는 법을 배운다. 내 맥박과 곡을 이루는 박자가 어우러질 때까지 아마도, 계속해서.

출근길. 영등포구청역에서 하차해 조금 걷는다. 일주일에
1회, 한 달에 총 4회 레슨을 받는다. 달이 넘어갔으니 재등
록을 할 것이다. 금융 앱을 이용해 학원 등록비를 선생님
계좌로 이체하려다 발걸음을 멈춘다. 주거래 은행 옆을 지
나는 김에 현금으로 인출해 가자 싶어서다.

　만 원권, 오만 원권을 몇 장 뽑아 탁탁 맞춰 흰 봉투에
넣는다. 엄한 곳에 흘리지 않도록 입고 있는 청재킷 주머
니에 최대한 깊숙이 넣는다.

나는 연봉계약을 통해 월급을 받은 기간보다 시급으로 계산해 월급을 받은 기간이 더 많았다. 가끔씩 방금 소비한, 혹은 곧 소비할 돈을 시급으로 환산해보곤 한다. 아, 이 옷은 여덟 시간짜리 옷이군. 여덟 시간 동안 일해 돈을 버는 건 힘든데 쓰는 건 매번 순식간이구나. 돈을 아껴야겠다거나 돈이 아깝다는 생각은 들지 않고 계산만 해본다.

피아노 학원 유리문을 밀어 연다. 출근 전에 선생님께 드리려고 돈 봉투를 꺼내 든다. 초등학교에 다닐 때 비어 있는 학원 등록비 봉투를 선생님께 받으면 나는 그걸 엄마에게 드리고, 엄마는 거기에 돈을 채워 다시 나에게 주셨다. 잃어버리거나 군것질하는 데 몰래 빼돌리지 않고 고이 가지고 있다가 선생님께 안전하게 전달하는 것이 나의 임무였다.

8만원. 그 당시 내가 다니던 피아노 학원의 한 달 등록비는 8만원이었다.

2018년 현재 최저 시급 7,530원.

2000년 최저 시급 1,600원.

1999년 최저 시급 1,525원.

1998년 최저 시급 1,485원.

초등학교 5학년이었을 1999년으로 계산을 해본다. 8만원을 벌기 위해서는 최저 시급 1,525원을 기준으로 약 쉰두 시간 동안 일을 해야 한다. 부모님께서 최저 시급을 받으며 일하셨던 건 아니었지만 그렇다고 해도 결코 적지 않은 금액이다.

경제 활동을 시작한 지 10년이 다 되어가는데 아직까지 내 밥그릇 챙기기도 벅차 부모님께 미안한 마음이 들던 어느 날, 아빠는 언니와 나를 앞에 두고 이렇게 말씀하셨다.

"너희는 요즘 세대 애들이 할 수 있는 한 최선을 다해서
흐름에 맞게 잘 살고 있는 거야. 잘못하고 있는 거 없어."

엄마와 아빠는 그 오래전 나와 언니에게 쉰두 시간짜리 돈 봉투를 셀 수 없이 쥐여주었으면서도 더 줄 것이 없나 주머니를 뒤적인다.

그만 줘요. 이제 내 시간 드릴게.

언제쯤이면 이 말을 당당하게 할 수 있을까.

바
르
샤
바
에
서

2016년 봄, 한 달 동안 폴란드에 머물렀다. 수도 바르샤바에서 시작해 그단스크, 브로츠와프를 거쳐 옛 수도 크라쿠프로 갔다가 다시 바르샤바로 돌아오는 여정이었다. 여행의 마지막 날, 한국에 도착한 내가 여행을 돌아볼 수 있도록 나에게 엽서를 썼다. 쇼팽 박물관에서 산 엽서에다 인상 깊었던 일들을 적고 우체국으로 가는 길. 웬 남자가 내 뒤에서 "Hello"를 반복하기를 서너 차례. 나를 부르는 건지 확실하지 않아 무시하고 가던 길을 가려는데 인사말을 하던 그가 내 옆에서 발을 맞춰 걷는다. 유모차를 끌고 있는 여자와 함께. 올려다보니 내가 머무르는 호스텔의 주인이다. 너무 놀랍고 반가워 "나를 부르는 건 줄 몰랐어, 미안해" 사과를 한다. 개의치 말라는 듯 그가 "나 오늘 쉬는 날이야" 하고 넉살 좋게 대답한다. 그리고 아기 띠 안의 아기를 가리키며 말한다.

"얘는 줄리앙, 곧 잠들 것 같아. 그리고 이쪽은 내 여자친구."

나는 아기가 귀엽다고 말한 뒤 호스텔 주인의 애인에게도 눈인사를 건넨다. 그가 다시 묻는다.

"어디 가는 길이야?"
"아, 나 우체국에 가려고."

마침 자기들도 우체국에 가는 길이란다.

"일하는 사람들이 영어가 서툴 수 있어. 너만 괜찮다면 내가 도와줄게."

"정말? 난 당연히 좋지."

그렇게 호스텔 주인 커플과 아기, 그리고 게스트가 나란히 걷는다.

"여기 바르샤바에서 쇼팽 콩쿠르 열려. 피아노 콩쿠르 알지?"

블록을 돌아 나타난 건물에 붙은 바르샤바 필하모닉 공연 포스터에 내 시선이 잠시 머무른 것을 눈치 챈 듯하다.

"이번에 한국인이 우승했잖아. 알고 있어? 대단했어."

쇼팽 콩쿠르는 바르샤바에서 5년마다 한 번씩 열리는 피아노 경연대회다. 폴란드 태생의 작곡가 쇼팽을 기념하기 위해 개최되는 이 대회에서 2015년 한국의 조성진이 우승을 했다. 바르샤바에 도착해 조성진이 발표한 2015 쇼팽 콩쿠르 실황 앨범과 2005년 수상자 임동혁의 데뷔앨범을 들으며 돌아다닌 나였다. 안 그래도 뿌듯했는데 현지인이 언급하니 마음이 몽글몽글했다.

'쇼팽의 조국 폴란드에서 쇼팽 발라드를 듣는 기분을 뭐라고 설명해야 해?'

여행 첫날, 내가 남긴 첫 메모였다.

여행 마지막 날, 도저히 설명할 방법 없던 그 기분에 도무지 설명할 수 없는 기분 하나가 더 보태어진다.

꿈
이
짐
이
되
던
때

프랑스어 사전을 본다. 고래는 Baleine. 발렌느라고 발음
한다. 음절이 예뻐 외워본다. 혹시나 내가 멍청해서 까먹
을까봐 속으로 되뇐다. 발렌느, 발렌느, 발렌느.

아침에 눈을 뜬 게 방금 전 같은데 밤이 오시려나. 창밖
바로 앞 아파트 건물의 살갗이 노을빛에 그을린다. 물웅덩
이에 몰드는 햇빛 그리고 달빛의 원리와 유사하게 세월歲月
도 수용성이라 인생에 단번에 녹아 흐른다. 인생 수도꼭지
는 한번 돌아가면 숨이 끊어지기 전까지 절대 잠글 수가

없다. 콸콸콸, 흐른다. 방금 전에도, 지금도, 계속, 흐르고 있다.

나는 내가 대학에 입학하지 못할 거라는 생각을 한번도 해본 적이 없었다. 중학교 내내 시험이 끝나면 친구들이 내 자리로 몰려와 답을 맞혀보곤 했다. 고등학교에 입학하자마자 반 등수가 떨어지고 전교 등수가 급격히 떨어졌지만 동네에서 공부를 좀 한다는 친구들이 몰려 있는 학교였기에 등수와 상관없이 대학은 갈 줄 알았다. 그러나 수능 성적은 엉망진창이었고 지망하던 문예창작과는 실기까지 합격했지만 면접을 보는 족족 떨어져버렸다. 대학에 갈 거라고 6년 동안 착각하며 살았는데 여전히 멍청해서 한 번 더 착각하고 만다. 불합격은 실패라고. 덕분에 공짜로 절망을 얻었다.

삼수까지 하다가 내 휴대폰 통신료는 스스로 납부해야겠다 싶어 입시 공부를 아예 관두고 돈을 벌기 시작했다. 다시는 시를 쓰지 않으리라 다짐했다.

이제 글을 쓰지 않느냐고 친구들이 물을 때마다 없는 줄 알았던 자존심이 상처받아 이를 악물었다. 다행히 애써 웃으며 "서비스직이 천생 체질이야. 글 쓰고 싶은 마음은 그냥 옆에 두고 안 건드릴 거야"라고 대답할 수 있는 천연

덕스러움과 나는 나로서 잘 살고 있다는 자신감 역시 있었다. 그러나 앞뒤에 맞지 않게 몇 년 동안 국내 현대소설, 국내 작가의 여행 에세이를 읽지 못했다. 그렇게 사랑하던 시집도 멀리했다. 뭐라도 읽지 않으면 뭘 해도 부족하다고 느끼는 나라는 건 또 변함이 없어서 대신 고전소설을 읽고 잡지, 신문, 인터뷰 모음집을 많이 읽었다. 글을 쓰고 책을 만드는 또래들에게 샘을 느껴 그랬다. 치기 어린 질투는 건강에 해로운데도.

중간 중간, 만나던 연인들이 내 글을, 혹은 글 쓰는 나를 좋아해주어서 그때만큼은 전에 쓴 글을 정리해 그들에게 보여주었다. '사랑'을 하면 감성이 더 잘 살아나는 체질이기도 했고.

"재밌어? 읽을 만해? 지루하지 않아?"

내가 물으면 그들은 당연한 게 아닌데도 당연히 좋다고 대답했다. 하지만 그것도 그때뿐, 나에게는 정말이지 꿈이 짐이었다.

고등학교 졸업 후 성적에 맞춰 대학에 입학해 전공을 살려 취직을 했던 친언니가 나에게 "너는 하고 싶은 게 있어서 좋겠다. 나는 딱히 하고 싶은 게 없는데"라고 할 때마다 부끄러웠다. 어중간한 재능이 내 발목을 붙잡고 나를 이도저도 아닌 사람으로 만드는 순간이 있는데 그래도 좋을 것 같으냐는 말은 굳이 하지 않고 감췄다.

적극적으로 나서서 인생 수도꼭지의 수압을 조절하지 못한 채 이십대를 보냈다. 그러다 나이 서른을 앞둔 시점, 여러 번의 이별 중 한 번의 이별을 계기로 그간의 일기를 정리해 얇은 책 한 권을 만들었다. 또 거기에 한 번 더 원고를 추가해 두꺼운 책으로 묶었다.

꿈이 됐든 짐이 됐든 한번 내 안에 꿈틀댔던 걸 사라지라고 밟아낼 수가 없었다. 애초에 내게 맞는 수압은 내가 제일 잘 알았던 것이다.

손목에 힘을 과하게 주지 않았는지 의식하면서 매우 느린 속도로 체르니를 연습하다가 연습일지에 한 편의 시를 필사하는 기분이라고 적은 날이 있다. 글이 안 써지면 책상 위에 시집을 쌓아두고 필사적으로 필사筆寫를 하던 재수, 삼수 시절 습관이 스멀스멀 옮았나보다.

다시, 프랑스어로 고래를 어떻게 말하는지 까먹지 않았나 확인한다. 발렌느. 기억하고 있다. 입에 착 붙는다. 집 안에 무엇이 있는지 매듭을 풀어내려면 계속 이렇게 조금씩 속으로 외워야 하는 모양이다.

예술가는 되지 못하더라도 예술 근처에서 어슬렁거리고 싶다던 3년 전의 나는 지금 과연 건강한 세 살이 되었을까.

피아노 앞에 딱 붙어 있으니, 모쪼록 잘 자라나길 바란다.

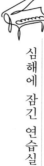

심해에 잠긴 연습실

피아노를 칠 때는 몸이 유연해진다. 근육이 수축되고 이완
되는 것과는 거리가 먼 유연함이다. 바다 속에서 산소통을
메고 헤엄을 치는 사람의 몸짓을 공기 중에서 하는 듯한
느낌이다. 실제로 그렇게까지 과장된 몸짓으로 보이지 않
더라도 감각적으로는 그렇다. 나도 모르게 몸을 움츠리기
도 하고 크게 팔을 올렸다가 중력에 저항이라도 받듯 천
천히 내리기도 한다. 건반을 뽑아 당기거나 밀어낼 수는
없어도 소리만큼은 그러해야 한다. 물방울 하나 없이 물방

울이 찰랑거리는 느낌을 내야 하고, 볼륨 조절 버튼 없이 음량을 키우고 줄일 수 있어야 한다.

심취해서 연습을 했다가 녹음을 하고는 아, 형편없었네, 싫을 때가 다반사이긴 하지만 놀라운 일이다, 누가 시킨 것도 아니고 규칙이 있는 것도 아닌데 몸 전체가 연주에 동참을 하고 있다니.

찰
나
에
는

무
한
함
이

있
어
요

기록이라는 건 순간과 순간을 잇는 영원이다. 영화를 보면 마음에 닿는 대사를 다 적어둔다. 극장에서 보고 난 후에는 외운 부분을 조각조각 쓴 다음, 영화 정보를 인터넷에서 검색해 대사를 찾는다. 그렇게 문장을 완성한다. VOD 서비스를 이용해 볼 경우에는 일시정지를 해두고 받아 적거나 러닝타임이 끝난 후 되감기해 찾아 쓴다. 등장인물 한 사람이 내뱉은 감탄사 한 마디라도 잔상에 남으면 그 영화 전체가 인상 깊어진다.

2017년 크리스토퍼 놀란 감독이 연출한 영화 〈덩케르크〉에서 공군 콜린스의 한마디 "굿 애프터눈"이 그러했듯.

2018년 1월 30일.
눈이 나린다.

막연히 날짜만 짚어 2018년 1월 30일에 너 무엇을 했느냐고 물으면 대답할 수 없을 텐데, 눈이 나린다는 말. '내린다'의 잘못인 걸 알면서도 저 눈은 어쩐지 내리는 게 아니고 나리는 게 맞는 것 같아 '나린다'고 고집스럽게 적은 날.

현재형 문장으로 박제된 찰나, 그래서 그날의 정서가 되어버린 하루가 통째로 기억난다. 출근 전에 피아노 연습을 하지 못해 다소 조마조마한 심정으로 카페 안에서 카페 밖을 바라보고 있었다. 퇴근이 늦어지면 연습을 하지 못하고 귀가해야 한다. 내 마음은 조급한데, 눈발은 허공을 쓰다듬으며 느긋하게 폴폴 나리고 있었다.

기록을 하는 이유는 언제라도 그 찰나를 소환하고 싶기 때문인지도 모르겠다. 내가 기록해둔 순간과 현재 내가 머무는 순간이 오늘도 이어지고 있다.

슈
베
르
트
의
밤

나는 그녀가 나에게 슈베르트의 곡을 추천해달라는 건 줄
로만 알았다.

　"슈베르트도 좋아해?"
　"당연하지. 슈베르트 즉흥곡 D.899번 다 들어봐."

들어보겠다는 대답과 함께 문자로 티켓이 전송됐다. 2018
년 임동혁 피아니스트 리사이틀 〈그의 슈베르트〉 공연 티

켓이었다.

2018년 3월 7일 수요일. 예술의 전당 콘서트홀. R석.

내가 나에게 주는 생일 선물이라며 피아니스트 머라이 페라이어의 내한 리사이틀을 예매했는데 그의 건강 문제로 공연이 돌연 취소돼 아쉬웠던 요즘이었다.

"뭐야, 갑자기."

"너 임동혁 피아니스트 좋아하잖아. 생일 선물이야."

"진짜 고마워. 그런데 왜 R석이나 샀어?"

"한 번도 가본 적이 없으니 어느 자리가 좋은 자리인지 몰라 고민하다가 되도록 잘 보였으면 좋겠어서."

피아노에 푹 빠져 지내는 나를 위해 친구 두나가 선물을 주었다.

임동혁 피아니스트는 정해진 프로그램대로 연주를 다 마친 후에 관객들의 계속되는 기립 박수에 보답이라도 하듯 총 여섯 곡의 앙코르 곡을 연주했다. 그의 숨소리까지 생생하게 들리는 자리에서 그를, 그리고 슈베르트를 좋아하는 사람들과 함께 밤이 늦도록 함께 있었다.

공연이 끝난 후 긴 줄을 서 기다리며 임동혁 피아니스트의 사인까지 받고 나니 그제야 집까지 가는 버스가 끊기지 않았는지 알아볼 정신이 생겼다. 예술의 전당 콘서트홀 전면 유리창 너머로 빗방울이 떨어지는 게 보였다. 밖으로 나와 굵어지는 빗줄기를 그대로 맞으며 버스 정류장까지 가면서도 불쾌하지가 않았다.

두나에게 사랑의 문자를 보내고 버스 맨 앞자리에 앉아 이어폰을 꽂았다. 라이브로 듣던 연주를 음원으로 들으니 다시 감동이 밀려와 심장이 콩콩 뛰는 게 느껴졌다.

슈베르트가 스무 살에 결성했다는 슈베르티아데 SHUBERTIADE가 생각났다. 자신의 절친한 친구이자 바리톤 가수인 미카엘 포글JOHANN MICHAEL VOGL과 결성한 예술 모임 '슈베르트의 밤.' 이 모임을 통해 화가, 시인, 음악가였던 친구들은 서로의 신작을 발표하기도 하고 예술적 사색을 즐기며 현실이 주는 고통을 잊었다고 한다.

만나게 될 사람은 어떻게든 만나고, 가게 될 곳은 언제든 가게 된다는 나의 지론이 내 친구의 배려와 겹쳐지는 행복.

어떡하지.

너무 좋아서 이 밤 넘기기 싫은데.

슬픔, 기쁨. 이렇게 한 단어로 설명할 수 있는 감정 말고 공감각적 심상을 유발하는 감정에 빠지면 나는 도리어 아무 말도 하지 못하게 되는데, 지금이 딱 그렇다. 피아노를 다시 배우며 느끼는 게 몹시도 많은데 표현력이 부족해서인지 좀처럼 단어들이 말로 표현되어 나오지 못한다. 감정 병목 현상이다. 어떻게 표현해야 하나 희미한 형태만 떠돈다. 음악은 너무 모호해서 언어로 옮기기 힘든 것이 아니라 오히려 너무 구체적이어서 언어로 표현하기 힘든 것이라던 독일의 음악가 멘델스존의 말에 위안을 얻는다.

조기 퇴근을 하게 돼 연습할 시간이 넉넉하게 생겼다. 오늘은 무조건 쇼팽 왈츠 10번 B단조를 처음부터 끝까지 연습하리라 작정하고 연습실 문을 열었다. 금빛 커버가 씌워진 피아노 의자 위치를 조절한다. 의자 다리가 마찰음을 내며 움직인다. 피아노 건반과, 건반을 향해 접힌 내 팔이 수평이 맞나 어림잡고 건반 위에 손을 올린다. 내가 연습하는 속도를 기준으로 완곡하면 최소 6분이 걸리는 곡. 매끄럽지 못한 부분은 본디 리듬이 아닌 다른 리듬으로 바꿔 연습한다. 도돌이표를 지켜 총 177마디를 수십 번 쳐내자 금방 기진맥진해진다. 체력이 급격히 떨어진다. 많은 에너지가 소모되고, 입이 마른다. 아니, 그럼 3, 40분 되는 소나타 전 악장을 연주하는 피아니스트들은요? 대체 어떻게 하는 거예요?

이러니, 내가 '동경'한다고 한다.

"네 시간 반 동안 연습하셨잖아요. 이참에 전공을 고려해 보시는 게 어떨까요?"

네 시간 반 동안 연습실에서 딱 한 번 나오지 않았느냐며,

그것도 커피 마시러. 전공생도 그렇게는 힘들다고, 지금도 늦지 않았으니 피아노 전공을 해보는 게 어떻겠느냐며 연습을 마치고 나가는 길에 마주친 원장님과 대표님이 농담 반 진담 반으로 좋은 기운을 주신다.

"에이, 저는 직업이 아니라서 이렇게 하는 건지도 몰라요. 취미잖아요."

좋은 기운을 받고 악보는 잔뜩 소중하게 끌어안고서 한다는 대답이 초라했다. 이제야 여기에 진심을 담아 다시 대답한다.

"직업이 아니라서 이렇게 최선을 다할 수 있는 게 아니라요. 예의를 갖추는 중인지도 모르겠어요. 음악을 업으로 삼은 사람들의 입장을 조금이나마 이해해보고 싶으니까. 말로만 좋아한다고 하는 것이 아니라 행동으로 옮기고 싶은 거죠. 나는 음악가들을 이만큼 좋아하고 존경해요."

이렇게.

"아, 망했다"라고 생각하면 그 즉시 틀린다. 박자를 놓치거나 엉뚱한 건반을 누른다. 정말이다. 망했다는 연주자의 생각이 진동하면 피아노는 1초도 기다려주지 않는다. 곧장 손가락 끝 연한 살갗에서 거친 소리가 튕겨져 나온다.

쇼팽 왈츠 10번 B단조 Op.69-2.

분위기가 바뀌는 부분의 제34마디 오선 위에 '생기를 가지고, 씩씩하게, 활기차게' 연주를 하라는 뜻의 음악 지시어 '콘 아니마CON ANIMA'가 쓰여 있다. 영혼, 정신이라는 뜻을 지닌 말 Anima가 '~을 가지고'를 뜻하는 이탈리아어 Con과 만났다. 활력을 불어 넣어야 하는 부분에 대참사를 암시하는 혼을 불어 넣었으니 당연히 틀릴 수밖에.

지금 먹은 마음이 그대로 소화된다.

내가 고른 소리로 제대로 연습을 하고 있는 건지 확인하기 위해 휴대폰으로 녹화를 한다. 소리가 잘 담길 수 있도록 각도를 조정하고 자세를 잡는다. 녹화 버튼을 누르고 자세를 바로 잡는다. 심혈을 기울여 건반을 누른다. 연주를 시작한다. 아무리 건반을 잘못 누를 것 같아도, 틀릴 음에 목숨 걸지 않고 마음을 입혀 노래를 이어나가면 피아노는 내 손가락을 붙잡고 늘어지지 않는다. 노래를 멈추지 않도록 도와준다. 녹화를 마치고 재생을 누른다. 틀린 적 없이 녹음된 영상이 있음에도 불구하고 건반을 잘못 누른 부분이 있는 이번 시도가 더 좋다. 이상한 일이다. 혹시 몰라 다시 들어보아도 틀린 부분이 있는 지금이 좋다.

"잠깐 힘이 풀린 거야. 힘이 풀린 그 순간까지 노래야. 이번에는 이대로의 노래를 한 거야."

피아노가 나에게 용기를 주는 듯하다.

유튜브를 통해 피아니스트들의 연주 실황 영상을 볼 때마다 댓글에 실수를 찾아 지적하는 사람들이 눈에 띈다. 몇 분 몇 초에 건반 터치가 잘못됐네요. 실수가 잦네요. 이런 말들인데, 나는 그게 참 언짢다.

연주자는 피아노와 교감하며 곡을 매개로 자신의 영혼을 투영한다고 생각한다. 그 모습과는 아무 상관 없는 지적을 하는 사람들은 지금 무엇을 보고 있는 것일까.

3.

LENTO CON DOLORE | 렌토 콘 도로레 | 느리게, 아픔을 가지고

매일 피아노

오늘은 너무 열심히 살아서 연습일지를 못 쓰겠어요

주 6일 연속 출근을 하고 평일에 부족했던 잠을 쉬는 날 몰아서 자기도 한다. 열 시간이 넘도록, 다소 강박적으로. 보통 일요일에는 열네 시간씩 자던 내가 어제 일요일에는 새벽부터 깨서 잠 못 들고 눈만 끔벅끔벅.

엄마는 내가 일찍 깬 걸 눈치 채고 방문을 덜컥 열고 들어와 고등어조림 해놓았는데 왜 먹지를 않느냐고, 집에서 고등어조림 좋아하는 사람 너밖에 없는데, 하고 딸에게 애교 섞인 투로 말한다. 그 덕에 모처럼 일요일 아침 겸 점심 식사로 고등어조림에 흰 쌀밥을 감사히 먹었다.

절대 집 밖을 나가지 않으려고 했는데 답답해서 도서관에 가기로 한다. 일요일에는 도서관이 일찌감치 문을 닫아 서둘러야 한다. 책을 읽고 책을 빌린다. 훑어본 후 정말 좋은 책은 대여하지 않고 제목을 기억했다가 서점에서 사기로 한다. 일곱 권을 선택해놓고 여기저기 분야별로 기웃거렸다.

나는 '울고 싶다'는 말을 속으로 진짜 자주한다. 너무 울고 싶다. 명백한 이유를 알 수 없이 답답할 때, 이유를 당장에 찾을 수 없으니 언어로도 구체화할 수 없는 감정이 치솟고 그 시점에서 울컥 올라오는 말이 '울고 싶다'인 거다. 절대 울지 않아도 그냥 매일 조금씩 울고 싶다. 기본값으로 웃음이 많아 잘 웃는데 속에 울이 많다.

열심히 살고 있다.

오늘 내가 가장 대충 한 일은 다 쓴 우유팩들을 주둥이를 벌려 펼친 우유팩 하나 안에 꽉 채워 넣지 않고 대강 구겨 접어 낱개로 분리수거함에 넣은 일이다.

출근하기 전에 피아노 학원에 들러 피아노를 두 시간 넘게 열심히 연습했고 오후 1시쯤 카페에 출근한 후 손님이 없을 때마다 서양음악사 공부도 열심히 했고 이전에 휴대폰에 메모해두었던 문장들을 다듬어 열심히 정리했다. 점심 식사와 저녁 식사를 건너뛴 지도 오래. 마감 시간이 다가와 열심히 설거지를 하고 에스프레소 기계 마감 청소를 하고 영하 12도를 웃도는 강추위에 온몸에 힘을 주고 집에도 엄청 열심히 돌아왔다.

현관문을 다 열기도 전에 내 이름을 부르는 엄마 목소리가 마중 나온다. 무국에 밥을 먹으란다.

엄마, 지금 밤 10시야. 밥 못 먹어요.

아, 너무 울고 싶다.

바쁘고 피곤하다고 토로하면서 "별다르게 하는 일도 없는 것 같은데 왜 이러지?"라는 말을 자동적으로 붙여 넣는다. 내가 나의 일상을 과소평가한다.

몇 년 전까지만 해도 몸과 마음이 고되고 지치면 다 그만두고 여행지를 도피처로 삼았다. 그런데 이제는 그마저도 소용이 없다는 생각이 든다.

공허하다.

일을 하지 않으면, 책을 읽지 않으면, 글을 쓰지 않으면,

피아노 연습을 하지 않으면 죄책감을 느낀다. 이럴 때는 잠도 잘 오지 않는다. 일렬로 줄 서 있는 '내일의 내 일'이 좀처럼 줄지 않는다.

밥 먹듯이 해서 손에 익은 노동을 하며, 배우고 싶은 것을 학습하고 사는 평화로운 일상이다. 그러나 평화는 늘 불안과 등을 맞대고 있다. 요즘은 그 판이 뒤집혔다.

자아실현과 자기발현 욕구가 언제부터 이렇게 몸을 키웠는지 모르겠다. 1등이 되고 싶은 것도 아니고 최고가 되고 싶은 것도 아니다. 그냥 좀 잘해내고 싶은 거다. 욕심과 달성의 격차는 벌어졌는데 '적당히'와 '보통'을 견디지 못한다. 한계가 보이면 사실상 그것이 한계가 아니라 해도 괴로움을 먼저 느낀다. 헛것을 본 거래도? 큰 파도인 척하는 이 물결을 어서 넘고 순항하자. 나는 이렇게 괴로움을 견디고 성장 비슷한 걸 한다.

별거 없는 일상이라고 내 삶을 평가절하 하는 순간 내 하루가 나를 벌한다. 다시 생각해보라며, 늘 먹던 밥도 못 먹게 입맛부터 없애고 나선다.

내 행동 하나하나에 대단한 뜻을 가져다 붙이는 것은 자기애의 오남용이다. 그러나 힘들다는 몸의 신호를 받고 '네가 뭘 대단한 걸 했다고 힘들어해?'라고 할 것까지 뭐

3.
매일 피아노

165

있나.

　뒤집힌 판을 다시 뒤집기 위해 안 그래도 힘든데 또 힘을 쓴다. 다행히 '내가 만든 평온'과 등 대고 있는 '내가 조성한 불안'은 좌절과는 거리가 먼지 올라 치면 오버하지 말라고, 자고 일어나면 괜찮아지는 거라고 나를 달래는 여유를 부린다.

출근 전 아침, 레슨을 받는데 선생님이 묻는다.

　"요즘 너무 바쁘지 않아요?"

말에 쉼표도 안 찍고 대답을 한다.

　"네, 일도 해야 하고 원고도 써야 하고 피아노 연습도 해야 하고 사이버 대학에 재학 중이었는데 복학을 해서 인터넷 강의도 들어야 하고 할 게 진짜 많고 힘들어요. 피곤해요. 그런데 불행하고 그런 건 아니에요."

세상에. 잠이 덜 깨서 본심 아니면 지어내기 힘들었을 텐데, 불행하지는 않단다. 몸이 지친 것뿐이다.

힘들다고 실토한 시점부터 레슨을 마치고 돌아와 다 식은 녹차를 마시는 지금까지 나는 울지 않았다.

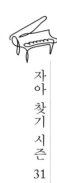

자아 찾기 시즌 31

친구 이상의 사랑하는 누군가를 조건 없이 이해하려는 노력이, 내 상식과는 무관하게 상대의 행동을 일단 모두 인정해보려는 나의 태도가, 내 마음과 부딪혀 나를 굉장히 피폐하게 하는데 잘 안 고쳐진다.

올해도 자아 찾기를 한다. 나는 내가 누구인지 알아내기 위해서 태어난 것 같다. 혹은 이미 다 자란 나를 수도 없이 재창조시키는 게 내 삶인지도.

나를 제대로 모르고서는 상대도 알 수 없다는 걸 확신

한다. 그런데 이 과정에서 한도 없는 신용카드처럼 자꾸 감정을 긁는다. 빚지고 아프다.

'생각하는 걸 멈출 수 없다'는 베르나르 베르베르의 소설에서 나온 말. 인간은 생각을 하고 싶지 않은 순간에도 생각을 하고 싶지 않다는 생각을 한다.

두 시간 삼십 분 동안 피아노 연습을 했다. 세 시간까지는 박차를 가해 칠 수 있다. 피아노와 나만 남고 다 사라진다. 생각은 멈출 수 없지만 하고 싶지 않은 생각을 잠시 접어둘 방법을 찾았다.

창밖으로는 함박눈이 무진장 쏟아져 내려와 눈에 보이는 것이라면 뭐든 다 뒤덮고 있다.

죽
어
도
죽
으
면
안
돼

프란츠 슈베르트Franz Peter Schubert는 1797년 오스트리아에서 태어나 서른한 살의 나이에 건강 악화로 세상을 떠났다. 그 짧은 생애 동안 그는 천여 곡이 넘는 곡을 작곡했다. 가곡의 왕이라 불릴 정도로 수많은 가곡을 남겼는데, 나는 그중에서도 그가 작곡한 피아노 소나타와 즉흥곡을 추려 듣는 편이다.

슈베르트 곡을 검색하던 중에 우연히 현악 4중주 14번

D단조 〈죽음과 소녀〉를 듣게 됐다. 이 곡은 슈베르트가 1817년에 작곡한 자신의 가곡 〈죽음과 소녀〉에서 모티브를 얻어 1824년에 작곡한 곡이다.

가난과 질병으로 불안한 시간을 보내며 자신의 죽음을 예견이라도 한 듯 만든 음악. 죽음에 대한 공포, 체념적인 분위기, 몽환적인 흐름. 1악장부터 4악장까지 총 40분의 연주를 한 번에 이어 듣지 못해 나누어 들었어도 충분히 그 강렬함을 느낄 수 있었다.

슈베르트가 열다섯 살이던 해 어머니가 돌아가시고, 열네 명의 형제 중 자신을 포함해 다섯 명만이 살아남고 모두 어린 나이에 죽었다고 하니 슈베르트의 작품들 중 50여 곡에 달하는 곡이 죽음과 연관되어 있다는 사실이 이해가 간다.

슈베르트의 〈죽음과 소녀〉를 듣는데 열일곱 열여덟 살의 내 모습이 떠올랐다. 괴테의 소설 《젊은 베르테르의 슬픔》을 읽고 베르테르 효과를 알게 된 어린 시절의 내 모습을. 그 당시에 나는 '죽음을 수도 없이 곱씹었을 사람들의 심정까지 너무 잘 알겠는데?'라며 다소 오만하게 그러나 딴에는 진지하게 죽음에 대해 생각했었다.

반복되는 매일이, 그래서 사는 것 자체가 무의미하다고 느끼던 시절.

타고난 친화력 덕에 겉으로는 밑도 끝도 없이 밝아 쉬는 시간마다 이 교실에서 저 교실로 옮겨 다니며 친구들과 어울렸지만 감수성이 예민한 시기이기도 해서 어두울 땐 또 한도 없이 어두웠다.

새벽같이 일어나 학교에 가고, 8~9교시를 마치고 나면 이어지는 야간 자율학습. 겨우 집으로 돌아와 몇 시간 자고 나면 다시 교실이다. 가능한 일탈이라고는 체육복 상의를 뒤집어쓰고 책상에 엎드려 잠을 잔다거나 이어폰을 끼고 라디오를 들으며 교실 창밖의 달을 구경하는 것뿐이었다. '학교 옥상에서 화단으로 뛰어내릴 수도 있겠어. 경기도 광명시. 성적을 비관한 여고생 옥상에서 뛰어내려,라고 뉴스에 나오려나.' 이런 실천하지도 못할 상상도 가끔 하면서.

프란츠 카프카의 책《위대한 꿈의 기록》에는 '인식이 시작되었다는 첫 표시는 '죽고 싶다'고 바라는 일이다. 이 삶은 견딜 수가 없고 또 하나의 삶은 이룰 수가 없다고 생각된다. 그는 이미 죽으려는 생각을 부끄러워하지 않게 된다'

라는 구절이 있다.

죽고 싶다는 말이 '이렇게 살기는 싫다'는 말의 동의어라고 생각한 적이 있다. 하지만 이 문장을 다시 곱씹어보니, 이렇게 살기 싫다는 말은 다르게 살고 싶다는 말이지 '사는 걸 그만두고 싶다'는 말이 아니란 생각이 든다.

이미 세상을 떠난 예술가들의 생애 끄트머리를 찾아 읽는 것만으로도 마음이 이렇게 구겨지고 안타까운데. 예술을 사랑하던 어린 내가 상상한 죽음이라니. 얼른 과거로 달려가 교실 창가에 붙어있는 나를 떼어내고 싶다.

타인과 교감을 해야 하면서도 혼자만의 방이 필요한 사람들.

가장 진지한 철학적 문제는 오직 자살이라고. 자살만이 유일한 철학적 질문이라고 알베르 카뮈는 말했다. 하지만 아무도 그 말을 새겨듣지 않았으면 좋겠다. 아무도 그런 사유는 하지 않았으면 좋겠다.

삶이 아름다워서가 아니라, 삶을 사는 당신이 아름다우니까.

대신 살아줄 수는 없지만 같이 살고 싶으니까.

아무도 죽지 말라고, 갑자기 혼자 죽어버리면 안 된다

고. 듣고 있냐고, 내 말을 이해한 게 맞느냐고.

　방향도 목적도 없이 나락만 있는 우울함에 잠긴 사람들의 어깨를 흔들며 말하는 중이다.

　"죽어도 죽으면 안 돼요"

정말 지루한 명절이었다

2018년 2월 설 연휴는 길기도 하다. 4일 동안 피아노 연습을 강제로 못하게 되어 찝찝하게 됐다. 이렇게 찝찝한 와중에 도서관에서 빌린 책을 제때 반납도 못했다. 하루만 더 보고 반납해야지 싶어 책을 끼고 있다가 연휴 시작 첫날 지하철 무인 반납함에 갔더니 '연휴 동안 반납기 운영이 어렵습니다. 일요일 오후 12시부터 반납 가능합니다. 양해 부탁드립니다'며 양해를 구하고 있다.

'도서 연체 중으로 반납 예정일을 알립니다.'

연체 문자는 자동시스템인지, 집에서 휴식을 취하는 동안 문자가 몇 차례 온다. 도서관 문은 닫혀 있고, 무인 반납기는 여전히 양해를 구하고 있다.

연체를 하면 연체한 기간의 두 배 동안 책을 대여할 수 없다. 설 연휴 기간 동안 반납하지 못한 책은 제외라고 하지만 왠지 마음이 불편한 건 어쩔 수 없다.

하루만 더 보려고 했던 책은 하루가 더 지나도 들여다 보지 않았다. 그대로 연휴가 끝나자마자 지하철역으로 내려가 무인 반납함에 넣어버렸다.

쿵, 쿵, 쿵.

철 받침대에 내가 빌린 책 세 권이 떨어졌다.

길고 긴 연휴가 끝이 났다.

모차르트 피아노 소나타 12번 F장조 KV.332의 1악장 레슨을 시작했다. 모차르트 작품번호를 일컫는 쾨헬번호는 오스트리아 음악학자 루드비히 폰 쾨헬이 정한 모차르트 작품의 목록이다. 흥미로운 건 100번 이후의 작품번호를 25로 나누고 거기에 10을 더하면 작품을 쓸 당시 모차르트의 나이를 추정할 수 있다는 것이다. 그리고 그 수에 모차르트가 태어난 연도 1756을 더하면 작품의 완성연도를 파악할 수 있다고 한다.

"332 나누기 25는 약 13.3. 여기서 10을 더하면 23.3."

아니, 이 소나타를 모차르트가 스물세 살쯤 작곡했다고?

　모차르트의 피아노 소나타는 총 열여덟 곡으로, 어머니의 병으로 불안해하던 시기에 작곡했다고 추정되는 소나타 8번 A단조를 제외하고는 모두 장조로 만들어졌다.

　천재로 소문난 모차르트지만, 유년 시절부터 아버지를 따라서 연주 여행을 다니고 하루 종일 작곡을 해야 하는 상황에 처해 있어 짧은 인생 동안 그의 심신은 많이 지쳤을지도 모른다는 음악학자들의 의견이 있다. 그 의견이 전혀 뜬금없는 이야기는 아닐 것 같다는 생각이 들어서 그런지, 밝고 명랑하게 시작되는 장조의 노래마저 어쩐지 나는 슬픔의 징조 같기만 하다.

규
칙
을
지
켜
슬
퍼
하
다

왼손으로 1도 펼침 화음을 노래하고 그 위에 오른손으로 부드럽고 맑은 멜로디를 쌓는다. 모차르트 소나타 12번 F 장조 KV.332 1악장 제시부의 주제가 시작된다.

일본의 피아니스트 히사모토 유코는 〈모차르트―모차르트의 피아노 소나타와 연주법 완벽 해설〉이라는 책을 통해 모차르트 소나타 12번 1악장의 제시부를 '창문을 활짝 열면 어디선가 이 곡의 멜로디가 들려오고, 마치 자연스럽게 음악이 시작된 것 같은 느낌'이 든다고 소개했다.

이도 모자랐는지 '깡충깡충 경쾌하게 들판을 달려가면 눈앞에 연이어 꽃밭이 펼쳐지고 그 풍경을 눈으로 즐기면서 나아가는 것'이라는 묘사를 덧붙인다.

모차르트는 장조를 이용해 이렇게 밝은 기운으로 운을 뗀다. 그러다 제22마디 <u>끄트머리</u>에서부터 바장조의 관계단조로 일시조바꿈을 해 분위기를 바꾼다. 사람들 앞에서 슬픈 내색을 하지 않다가, 꾹꾹 참았던 눈물이 왈칵 터져버린 듯 느껴지는 삽입부. 여기에 페달까지 거들며 일단은 쏟아져버린 울음이 실컷 폭발할 수 있도록 돕는다. 그러나 이 감정은 결코 속수무책으로 들이닥쳐 배회하는 게 아니라 아주 규칙적으로 흐르고 있다. 어느 음 하나 허투루 움직이지 않는다. 그래서 놀랍고, 더 아프다. 제41마디에 도달해서 눈물을 뚝 그치고 다시 웃어 보인다.

1악장 제22마디 셋째 박 음표 아래에는 포르테가 달려있다. 나는 포르테 표시 옆에 연필로 '나와줘'라고 써두었다. '이 부분에서 정확하게 나와줘야죠. 왜 소극적이에요.' 레슨을 받으며 들은 선생님의 피드백을 내 식으로 표시한 것이다. 울 때는 확실하게 울어야 한다. 이런 식으로 몇 번을 울고 웃다 한다.

고전주의라 불리는 18세기 중반부터 19세기 초, 작곡가들은 소나타의 1악장을 거의 예외 없이 소나타 형식을 취해 작곡했다. 소나타 형식은 크게 제시부, 전개부, 재현부로 나뉜다. 주제 멜로디를 제시하는 제시부를 시작으로, 이 주제를 선율적, 리듬적으로 분해해 주제와 대조를 이루기도 하는 전개부를 거쳐 주제를 다시 재현하는 재현부, 여기에 상황에 맞게 종결의 이미지를 주는 코다를 넣어 끝을 짓기도 한다. 그리고 대개 제시부에는 도돌이표가 붙어 방금 한 노래를 한 번 더 반복한다. 당장 모차르트의 피아노 소나타 열여덟 곡 중 무작위로 한 작품을 선택해 1악장을 듣기만 해도 확인할 수 있다.

이렇듯 소나타 형식은 제1주제의 중심 으뜸음조 선율을 기준으로 딸림조를 이루거나 관계조바꿈을 사용해 구성하는 원리로 돌아간다.

규칙적으로 움직이는 환희와 슬픔.

재단할 수 없는 인간의 감정을 화성이 대신한다. 입을 막고 우는 사람들을 위해 음악이 치고 나와 엉엉 울어준다. 일정한 범위 안에서 선을 지켜 절망하니 슬퍼도 숨이 막히진 않는다.

눈이 퉁퉁 붓도록 울었어도, 이 악장은 장조로 끝을 맺는다.

아 인 슈 타 인 과 동 질 감 을 느 끼 다

집에 돌아와 샤워를 마치고 이불 속에 쏙 들어간다. 배를
바닥에 대고 엎드려 눕는다. 몹시 좋으면 무슨 이유로 좋
은지 논리적으로 설명하기가 어렵다. 왜 모차르트 소나타
를 이날 이때까지 듣지 않고 살았을까. 유튜브 앱을 켜서
다니엘 바렌보임DANIEL BRENBOIM의 모차르트 소나타 연주
영상을 찾아 듣는데 창밖에 천둥소리가 요란하다. 밖에 비
와? 방금 귀가한 언니에게 물으니 눈이 엄청 오고 있단다.
"이러다가 지구 반으로 쪼개지는 거 아니야?" 농담을 던

지고 다시 휴대폰에서 흘러나오는 모차르트 소나타를 듣는다.

물리학자 알베르트 아인슈타인ALBERT EINSTEIN은 여섯 살부터 열네 살까지 바이올린 수업을 받았다고 한다. 그러나 정말로 음악을 배우기 시작한 것은 열세 살 무렵 모차르트 소나타와 사랑에 빠진 후였다고 고백했다. 그는 모차르트의 음악은 너무 순수하고 아름다워서 우주 내면의 아름다움이 반영된 것 같다고 말할 정도로 모차르트를 사랑했다.

또한 알베르트 아인슈타인은 "죽음이란 곧 모차르트의 음악을 듣지 못하는 것"이라고 했다고도 전해지는데, 사실 이 말은 그가 했는지 그의 육촌 동생인 음악학자 알프레드 아인슈타인ALFRED EINSTEIN이 했는지 정확히 알려진 바 없고, 어쩌면 누구도 하지 않은 말일지도 모른다. 실제로 1970년대부터 프린스턴 대학에서 '아인슈타인 문서집' 프로젝트를 진행한 앨리스 칼라프리스는《아인슈타인이 말합니다》라는 책을 통해 이 말을 아인슈타인이 말하지 않았을 가능성이 높은 말로 분류한다.

알베르트와 알프레드 모두 모차르트의 음악을 아꼈다. 그러니 그 둘 중 누군가가 애정 어린 시선으로 모차르트에 대한 말을 했고, 그것이 사람들의 입을 통해 달리 전해졌다는 쪽이 받아들이기 편하겠다. 듣고 싶은 대로 들을 때가 있는 게 인간이지 않나.

누구도 그런 말을 하지 않았다 하더라도 나는 그저 동감하고 싶다. 죽음이란 더 이상 모차르트의 음악을 들을 수 없다는 말에 완벽히 동의하기 때문이다.

밤새 눈이 올 모양이다. 천둥이 멎지 않는다.

천재지변으로 집이 무너져 이다음 악장을 못 들으면 안 되는데.

천둥보다 요란스러운 걱정을 한다.

2018년 2월 22일 목요일

자고 일어났는데 오른손 엄지손가락과 손바닥 도톰한 살 부분 전체가 저렸다. 잠자는 자세가 잘못돼서 그런 줄 알았는데 하루 종일 이렇다. 2월 21일에 무슨 일이 있었기에?

2018년 2월 21일 수요일

1. 저녁 7시 20분 연습실

체르니 Op.299 5번. 제38마디 낮은음자리에서 높은음자리표로 넘어가는 왼손 파트, B음에서 G음 넘어가는 지점을 자꾸 A음이랑 같이 누르고 있다. 이 부분 될 때까지 연습.

2. 모차르트 소나타 12번 F장조

F장조에서 관계단조로 바뀌며 진행되는 부분 오른손, 손가락 번호 틀리지 않고 터치할 때까지 연습.

밤 10시. 학원에 아니, 이 건물에 나뿐이라 무서워 문단속 후 귀가.

2018년 2월 23일 금요일

피아노를 칠 때는 손가락이 저린 줄도 모른다. 그게 아니면 피아노를 칠 때는 정말로 손가락이 저리지 않는 건가? 아, 피아니스트 생명에 지장이 생기겠는데요. 카페 사장님한테 장난스럽게 말했지만 이 증상이 오래갈까 걱정이다.

존경해 마지않는 볼프강 아마데우스 모차르트 님께

피아노 소나타 12번 F장조 KV.332 1악장 제49마디와 제 50마디의 왼손 부분을 꼭 셋잇단음표♪로 써야 했나요? 제가 지금 왼손은 셋잇단음표대로 연주하면서 오른손으로는 노래해야 하는 이 두 마디가 안 돼서 다음 마디로 못 넘어가거든요.

다 뜻이 있으니까 그러셨겠죠? 제가 어떻게든 해보긴

♪ 셋잇단음표: 음악에서 본래 2등분해야 할 음표를 셋으로 등분한 음표.

3.
매일 피아노
187

할 건데요. 몇 시간째 치고 있는 건지 모르겠거든요. 속상

하고 답답해서 지난번에 참았던 울음이 터질 것 같거든요.

– 2018년 3월 2일 금요일. 서울, 한국에서.

여진 드림.

월간 〈객석〉 인터뷰 중 임동혁 피아니스트가 말하기를,

"음악은 테크닉만으로, 풍부한 감성만으로 하는 것이 아
니니까요. 감성만으로 좋은 음악을 한다면 집시들이 클
래식 음악을 제일 잘하겠죠. 클래식 음악은 하나의 학문
이기 때문에 어린 시절부터 체계적인 교육을 받을 수 있
는 배경이 있어야 하고 수학, 과학, 심리학, 인문학을 공
부하듯 인간 세계를 구성하는 것에 대한 관심이 바탕이

되어야 해요. 그래야 좋은 음악을 할 수 있어요. 음악은 질서 정연한 세계 속에서 치밀하게 구성되어 있거든요. 지성과 감성의 밸런스가 클래식에서는 가장 중요하다고 생각해요."

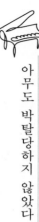

아무도 박탈당하지 않았다

내가 피아노를 배운다고 하자 "부럽다"고 말하는 사람이 있었다. 뭐가 부럽다는 거지? 피아노를 좋아했었나? 그래, 한국말은 끝까지 들어야 하는 거니까 더 들어보자.

"나는 먹고사는 게 바빠서 그런 취미를 가질 여유가 없거든."

아, 괜히 끝까지 들었다. 정말이지 이런 건 싫다. 그럼 네가 느끼기에 상대적으로 나는 먹고사는 게 바쁘지 않다는 말이잖아. 카페에서 일을 하면서 작고 귀여운 월급을 받으며 내가 얼마나 빠듯하게 사는데.

언젠가부터 나는 남의 인생이 부럽지 않다. 행여나 부러운 맘이 들어도 부럽다는 말은 입 밖으로 꺼내지 않는다. 얼마 안 됐다. 그 언젠가가 언제지 굳이 따지자면 남들 다 한다는 걸 하나도 못하는 사람인 줄 알고 살다가, 남들 다 하는 대로 도저히 못 살겠다, 그냥 나답게만 살자, 싶었을 때부터다. 남부럽지 않게 좋은 환경에서 살아서가 아니다. 남을 부러워한다는 건 내가 가진 특별함이 무엇인지 모른 채 산다는 말이 될 수도 있기 때문이다. 나는 내가 그런 삶을 살기를 원치 않는다.

누군가의 재력이나 처한 상황이 좋아 보일 때가 있기는 하다. 잘됐다. 좋아 보인다. 딱 이런 마음만 든다. 당장 내가 먹을 수 없는 사탕을 바라보는 마음 정도다. 나는 안 먹어도 그만이거나 때가 되면 내가 사 먹을 수 있겠지 싶다. 여행이나, 연봉 상향이나 그런 것들 말이다. 그런 것 말고 태도나 분위기가 좋은 사람을 보면 저렇게 태어나 살면 어떤 기분일까 궁금하기도 하지만, 이상하게 꼭 집으로 돌아와 샤워를 하고 나면 보들보들한 거품과 함께 그런 마음은 사라지고 "아, 바디워시 향 좋다. 무슨 영화 보지? 무슨 책 읽지? 무슨 음악 듣지?" 이러고 있는 거다.

부러움. 남이 잘되는 것을 보고 나도 그렇게 되고 싶은 마음. 남이 잘되는 것을 보았는데 나는 그렇지 않다고 느끼는 상태. 이 기분이 격앙되면 상대적 박탈감에 빠지기 쉽다.

네가 부럽다, 너처럼 살고 싶다.

이 말은 나 자신에게 위험하다. 부러워할 수도 있지 뭐, 예민하게 구는 것 아니냐고? 문장보다 예민한 게 사람의 마음이다. 그 말을 내가 내뱉고 내 귀가 듣는 순간 나는 나처럼 살기는 싫고 너처럼 살고 싶어 하는 인간이 되어 스스로에게 상처를 준다. 생채기 내는 게 버릇이 되면 자존감을 낮추는 병이 된다.

의도치 않게 나와 타인은 박탈감을 주고받는다.

그러나 그건 말 그대로 느낌일 뿐이다.

사실은 아무도 박탈당하지 않았다.

이걸 내가 무슨 일이 있더라도 잊지 않았으면 좋겠다.

매
일
시
,
매
일
피
아
노

책을 읽다가 마음에 드는 구절이 있으면 일기장에 옮겨

적는다.

시를 필사하고 피아노를 연습한다.

반복, 반복, 반복.

지겨울 법도 한데 지겹지가 않다.

지긋지긋한 건 늘 돈이었지.

문학이나 음악이 아니야.

좋은 습관이 가져다주는 선물을 믿는다.

나는 이렇게밖에 못 살고 계속 이렇게 살고 싶어요.

내 삶이 나를 혼낸 적은 있어도 나를 버린 적은 없는 것

같아.

나
무
의
시
간

10미터도 안 되는 거리를 후다닥 뛰어간다. 카페에서 학원으로 옮겨가 문을 열자마자 고소하기도하고 쿰쿰하기도 한 향이 확 풍긴다.

피아노 학원에 들어서면 나는 특유의 냄새가 있다. 학원에 오래 머무르면 후각은 금세 이 향기에 적응해 의식하지 못하게 되지만 학원 출입문을 벌컥 열고 들어가면 늘 맡는다. 일상생활 중 어디에서도 맡아본 적 없는 냄새다. 학원에 다니기 시작한 지 3개월째. 혹시 이건 피아노 나무

196
LENTO CON
DOLORE

냄새인가? 혼자서 추측하고 그렇게 믿어버린다.

그랜드 피아노로 예를 들자면, 한 대의 피아노를 만드는 데 약 8,000개의 부품이 필요하다. 이 피아노는 금속으로 된 현, 튜닝 핀, 페달 등 몇 가지 부품을 제외하면 거의 목재로 이루어져 있다. 기술이 발달해 아무리 최신식 재료로 피아노를 제작할 수 있다 한들, 나무로 만들었을 때의 울림을 따라가지 못하기 때문이다. 비단 피아노뿐 아니라 바이올린, 첼로, 비올라를 봐도 그렇다.

가문비나무, 참나무, 단풍나무 등을 피아노의 재료로 쓴다. 부품의 특성에 따라 제재 작업을 한 후에는 목재의 수축과 힘에 따른 변형을 방지하고자 6개월 이상 자연건조를 한다. 그리고 인공건조까지 더한 후, 울림판을 만드는 것을 시작으로 약 마흔 가지의 과정을 거쳐 한 대의 피아노가 완성된다. 사람의 손으로만 만들 수 있는 그랜드 피아노의 경우, 적어도 1년이 소요되는 공정이다.

나무는 피아노로 다듬어졌어도 흙에 살던 때를 기억하고 숨을 쉰다. 지나치게 건조해 숨쉬기가 힘들면 향판이나 이음부분을 떨어뜨려내고, 과하게 습하면 건반 동작을 둔하게 만든다. 나무가 고요히 숨을 쉬고 있을 연습실에 들어가 불을 켠다. 나무의 숨에 내 호흡이 섞인다.

씨앗이 뿌리내려 나무가 자라난 시간, 높게 하늘로 뻗어 나가다가 사람들의 손에 의해 베이고 눕혀 조각된 시간. 어떤 모습으로 다시 만들어질까 기다리던 시간. 피아노로 태어나서 숲의 메아리를 흉내 낼 수 있었던 시간.

피아노를 칠 때마다 나무의 나이에 귀를 기울인다.

집에 돌아와 가방을 내려놓고 아침에 화장대에 던져둔 머리끈을 찾는다. 미키마우스 캐릭터가 달린 검은색 끈을 늘려 긴 머리카락을 동그랗게 말아 묶는다. 이렇게 하면 머리카락이 목에 닿아 거슬리지 않는다.

"무슨 좋은 일 있어?"

텔레비전을 보던 언니가 묻는다. 나는 티셔츠를 갈아입으

며 언니가 있는 방향으로 몸을 돌린다. 내가 노래를 흥얼
거리며 집 안을 돌아다니는 것을 보고, 내게 좋은 일이 있
냐고 물은 것이다.

"아니, 좋은 일 없는데?"
"막 노래를 불러서."
"피아노 연습하다가 와서 그래."

이미 말할 준비가 된 대답을 타이밍 맞춰 한 뒤 아까보다
작은 목소리로 노래를 이어간다.

모차르트 소나타 12번 주제 선율을 소리 내서 불러보는
건 처음이다.

목소리로 선율을 따라 불러보라고 선생님이 권했지만
가사 없는 음악을 흥얼거리는 것이 영 익숙지 않아 그동
안 하지 못했다.

별일이다. 긴 시간 온 마음을 다하니 나도 모르는 사이
대상을 노래하고 있다.

느리게 그러나 감정을 가지고

2018년 3월 7일.

모차르트 소나타 12번 F장조 1악장의 제시부를 연습한 지 딱 한 달째 되는 날이다. 불가능할 것만 같던 제49마디와 제50마디, '왼손은 셋잇단음표대로 치면서 오른손은 8분 음표 그대로 노래하기'가 점점 가능해지는 것 같다.

얼마 전까지는 정말 거의 울 지경이었는데 토요일, 일요일, 월요일을 쉬고는 침착하게 다시 연습에 들어갔다. 과장하지 않고 단 두 마디만 천 번은 반복해서 친 것 같다.

두 마디가 포함된 한 프레이즈는 그것의 반쯤.

　오른손 엄지손가락과 엄지손가락 밑 손바닥 도톰한 살 부분이 저리던 증상도 거의 다 사라졌다. 자주 경직되는 자세 탓에 왼쪽 어깨 통증이 다소 심해 며칠은 파스를 붙이고 자기도 했다. 두 시간이고 세 시간이고 할 수 있는 만큼 연습을 하니 평소에 쓰이지 않던 근육들이 놀라 진정을 못한다.

피아노를 다시 배우기로 결심한 이유 중에 연습으로 성과를 확인할 수 있는 것, 즉 노력하면 얻을 수 있는 결과에 대한 갈증이 있었다고 앞서 말했다. 표면적으로 보면 그 목적은 달성했다. 죽어라 연습하니 안 되던 게 되었다. 그러나 끝이 없다. 단 50마디를 한 달 동안 연습했다. 치면 칠수록 나아지기는 하지만 그건 1차원적으로 악보를 읽을 줄 안다는 이야기이며, 이것은 곡을 '표현'할 수 있다는 것과는 전혀 다르다. 10년 후에도 나는 이 곡을 쉽다고 말할 수 없을 것이다. 애당초 끝이 없다는 것을 알고 시작하니 오히려 마음이 편하다.

　12월 중순부터 3월 오늘까지 겨울 내내 피아노 앞에 앉아 있을 수 있었던 건 'Andante Con Sentimento(느리게

그러나 감정을 가지고)'라는 음악기호 덕분이다. 아마추어
로서 내가 지키고 싶은 빠르기를 매일 마음 위에 쓴다.

2018년 3월 28일 수요일.

모차르트 소나타 12번 F장조의 제22마디부터 제40마디
까지만 따로 치면 그나마 매끄러운데 처음부터 연결해서
이어가면 죽어도 안 된다.

뭘 또 죽어도 안 된대. 엄살은.

요즘은 매일 같은 부분을 연습한다.

모차르트 소나타는 여전히 제시부를 맴돈다. 모차르트
피아노 소나타의 경우에는 페달링에 기대지 못한다. 원전

악보를 맹신할 수만은 없으나 원전판 자체에 페달 지시가 없다. 페달을 밟을 때 깊이를 달리하며 밟은 듯 밟지 않은 듯 울림을 주고자 하는데, 도움은 받을 수 있겠지만 막무가내로 눌러댔다가는 노래만 뭉개질 뿐이다. 박자를 깔끔하게 맞춰 노래해야 하므로 상당히 어렵게 느껴진다. 메트로놈을 틀어놓고 연습하는 게 내키지 않지만 박자 감각을 익히기 위해 템포 조절을 해본다.

쇼팽 왈츠 10번 B단조는 암보 연습 중에 있다. 악보 셋째 단에 '점점 느리게'라는 뜻의 '리타르단도RIT' 처음 등장하는데, 이 리타르단도 표가 있는 해당마디에서 갑자기 속도를 늦추는 것보다 그 이전, 어디쯤에 서서 어떻게 감속을 할지 고민해보는 게 좋다. 막상 악보 없이 연주하려니 이음줄 표시부터 헷갈려서 첫마디부터 제33마디까지 프레이즈를 나눠 한 번 틀린 부분을 두 번 실수로 이어지지 않게 반복한다.

피아노가 마음처럼 잘 쳐지지 않는 날에는 영어로 대화하는 기분이 든다. 영어권에 사는 외국인 친구가 영어로 묻는 말을 다 알아듣고 이제 대답을 할 차례가 왔는데 입을 열지 못하는 상황. 적절한 단어도 생각이 나지 않고 문장

구조도 엉켜서 뜸만 들인다.

　그래도 나만 괜찮다면 상대는 내가 준비가 될 때까지 어디 가지 않고 매일 그 자리에 있겠단다.

　오늘 익힌 언어를 잘 구사해, 내일은 시원하게 대화를 이끌어갈 수 있었으면 좋겠다.

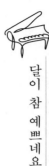

"선생님, 저 이거 할 수 있어요. 아, 진짜 연습 조금만 더
하면 될 것 같아요. 느낌 알았어요. 해볼게요. 만들어 올
게요."

피아노 학원에 등록한 후 거의 매일 선생님과 마주치다보
니 친밀해졌는지 저런 능청을 다 떤다.

첫 레슨을 받을 때는 누군가 나를 평가한다는 기분을
오랜만에 느끼고 아무리 연습했다 한들 내 마음처럼 연주할 수 있는 게 아니란 걸 알면서도 답답하기도 하고, 뭐 하나만 실수해도 가슴이 벌렁거리고 어쩌면 당연한 과정인데도 서투른 내가 바보 같았는데.

강해진 건지 적응을 한 건지 조금만 기다려보시라고, 잘할 수 있다고 선생님께 호언장담을 하고 능구렁이처럼 레슨실을 스윽 빠져나온다.

토요일은 원래 문을 닫지만, 일정이 생겨 문을 열어둘 테니 퇴근 후 편하게 연습을 하고 가라는 선생님의 문자.

술 약속 하나 잡지 않고, 집에 가 혼술 할 생각도 없이 퇴근하자마자 학원으로 들어가 모차르트를 중점적으로 연습했다. 세 시간쯤 피아노 앞에 앉아 있다가 밤 10시 가까이 되어 밖으로 나왔다. 버스 정류장 의자에 두 다리를 쭉 뻗고 앉아 버스를 기다린다.

6637. 8분 후 도착.

군청색으로 물든 나뭇잎 저 뒤로 보름달이 둥실 떠 있다. 오늘은 미세먼지 없이 청명한 편인가. 숨을 깊게 들이마시고 내쉰다. 얼마 만에 올려다보는 달인지. 동글동글 매끈하고 밝다.

달이 참 예쁘네요.

일본 소설가 나쓰메 소세키가 학생들을 가르치던 시절
'I love you'라는 말을 번역한 것이라고 하던데.

그래, 달이 참 예쁜 밤이다.

6637. 5분 후 도착.

힘이 풀린다.

이제야 맥주 한 잔이 간절하다.

줄탁동시

"잘 지내세요? 커피 마시러 간다고 하고서는 못 가고 있
네요. 요즘 계속 여진 님 생각이 나서 연락드려요. 별일
없으시죠?"

저녁보다 밤이라는 글자가 더 어울리는 시간대. 필라테스
선생님으로부터 문자가 왔다. 피아노 학원을 등록한 게 초
겨울이었는데, 그 전 7개월 동안은 필라테스를 했다. 몸에
힘이 자꾸 없어져 체력을 증진시킬 요량이었다. 그만둔 지

3, 4개월 만에 받은 선생님의 문자가 반가웠다. 나의 답신은 내용이 무척이나 방정맞아 차마 활자 그대로 옮기지는 못하겠다. 귀여운 이모티콘을 남발하며 있는 힘껏 기쁨을 내비치니, 급한 일이 정리가 되고 여유가 생기면 꼭 내가 일하는 카페로 찾아오겠다고 약속한다.

그녀는 주 6일 근무를 기본으로 하되 토요일은 격주로 쉬는 스케줄로 움직였다. 유일하게 온전히 쉬는 일요일조차 운동 프로그램을 짜느라 바빠 보였다. 수업이 없는 시간에는 회원들에게 알려줄 동작을 직접 해보며 확인을 거쳤다. 필라테스를 막 시작했을 무렵 나는 손목과 발목을 동시에 돌리는 것도 잘 안 되고, 보수라는 운동보조기구 위에 올라가 그냥 서 있는 것 자체가 어려웠다. 플랭크는 10초도 겨우 버텼고 스쿼트를 할 때면 허벅지가 불타는 것 같아 진땀을 뺐다. 삼각근에 자극 오세요? 내정근 쓰셨어요? 물으면 그제야 방금 했던 동작과 결부지어 눈치껏 내 몸에 붙은 근육 이름들을 알게 됐다. 한 사람과 두 계절 이상을 함께 보낸다는 건 참 이상한 일이다. 초여름에 만나 통성명을 하고, 헤어질 무렵 맞이한 가을의 입구에서 우리가 함께 보낸 계절을 돌아봤다. 그새 정이 들어 선생님 덕분에 운동하는 것도 좋아지고, 건강도 좋아졌다고 편지를 썼다.

진심이었다.

피아노 레슨 시간에 맞춰 레슨실에 들어선다. 선생님이 책상 앞에 앉아 모차르트 피아노 소나타 악보를 보고 있다.

내 눈빛에서 어떤 질문을 들었는지 대답을 한다.

"공부하고 있었어요. 어떻게 지도하면 좋을지 무슨 말로 표현해야 여진 씨가 이해하기 쉬울지. 정답이 없으니까 오히려 계속 공부해야 해요."

"멋있어요, 선생님."

"에이, 학생이 성실한 태도로 임하면 저도 최선을 다하고 싶죠. 클래식에 대한 마음, 진심이잖아요. 그게 느껴져서요."

휴일에도 프로그램을 짠다던 필라테스 선생님이 머리에 스친다.

줄탁동시啐啄同時라는 말이 있다.

병아리가 알을 깨고 나가기 위해 안에서 열심히 알을

쪼고 있을 때 알 밖에서 어미 닭이 함께 쪼며 도와야 순조롭게 부화할 수 있다는 뜻이다.

존재 자체를 알지 못하고 살았던 사람들이 우연히 만나 운명적으로 서로의 성장에 기여한다.

필라테스 선생님도, 피아노 선생님도 한때는 부화 직전 병아리였겠지.

세상에는 수많은 알이 있다. 병아리들에게는 아직 알 속 세상이 전부다. 꿈틀거림이 점점 커지는 알에게 어미가 다가간다. 밖에서 보기에는 작은 떨림이더라도 지금 병아리가 자신의 세계를 확장시키기 위해 온몸으로 벽을 밀고 있다는 걸 어미는 알고 있다.

"아주 연예인이야. 얼굴 보기 힘들다. 왜 이렇게 늦었어?"

엄마는 내가 왜 늦었는지 뻔히 알면서도 귀가한 나에게
이렇게 자주 묻는다.

"퇴근하고 피아노 쳤지."
"다 늙어서 웬 피아노야."

엄마는 또 처음 듣는 이야기라는 듯 이렇게 말한다.

"나 꽤 잘 쳐."

나도 처음 듣는 질문이라는 듯 대답한다.

"그래? 우리 딸 진짜 가지가지 하셔."

매일 반복되는 일상이니 반복되는 대화도 이상할 게 없지. 그런데 오랜만에 마주 앉아 엄마와 나누는 대화는 이상하게 특별하다.

　매우 당연하지만 그렇기에 믿기지 않는 일들이 있다. 지금 내 앞에 앉은 사람이 나를 낳았다니. 기저귀도 갈아주고, 옷도 사 입히고, 한글도 가르치고, 구구단도 가르치고, 학교도 보내고, 학원도 보내서 강아지와 별반 다를 것 없던 아기를 사회로 내보낼 만큼 보살펴 키워냈다니.

"냉장고에서 맥주 한 알만 꺼내와봐."

캔 음료를 알 단위로 세는 엄마가 나에게 맥주를 나눠 마시자고 제안한다.

"술도 못하면서."

야채 칸에 누워 있는 500㎖ 맥주 한 알을 골라 식탁 앞에 앉는다.

"그러니까 나눠 마시자구."

머그컵을 기울여 맥주를 따르고 꼬북칩을 뜯어 과자봉투를 반 가른다.

"미워하는 미워하는 마음 없이, 아낌없이 아낌없이 사랑을 주기만 할 때 수백만 송이 백만 송이 꽃은 피고 어둡고 아름다운 내 별나라로 갈 수 있다네."

김수희와 심수봉을 좋아했던 엄마의 영향을 받아 어릴 적 내 노래방 애창곡은 〈애모〉와 〈백만 송이 장미〉였다.
가사를 잘 외우지 못하는 내가 멋대로 백만 송이 장미를 흥얼거리니 엄마가 귀신같이 알아차리고 정정한다.

"'어둡고'가 아니고 '그립고'."

"어, 그립고."

초 단위로 그리워지는 밤이 지나고 있다.

장애물, 일그러진, 찌그러진

"우리 쇼팽으로 낭만주의를 한번 경험해봤잖아요. 다른 시대로 넘어가 분위기를 환기시키는 게 낫겠다 싶기도 해서요. 낭만주의 전에 고전주의가 있었고, 그 전에는 바로크가 있었죠. 고전은 바로크의 영향을 받았을 것이고, 낭만은 고전과 바로크의 영향을 받았을 거란 말이에요. 낭만주의 전신인 바로크 시대의 모습을 이쯤에서 다시 보면 좋을 것 같아요."

두 대의 그랜드 피아노 옆 책장에서 바흐 악보집을 찾아 집으며 선생님이 말씀하신다. 음표가 빼곡하게 그려진 종잇장이 넘어가는 소리에 나는 조금 설레버렸다. 쇼팽 왈츠 10번을 마무리할 수 있겠다 싶은 이 시점에 슈베르트의 즉흥곡을 새로 시작할까 하다가 바흐를 선택하셨단다. 그렇게 내 손에 바로크 시대 작곡가 요한 제바스티안 바흐JOHANN SEBASTIAN BACH의 〈평균율 프렐류드와 푸가 D단조 BWV.851〉 악보가 쥐어졌다.

   "오늘 수고하셨습니다. 저 바흐 곡 딱 한 번만 쳐보고 갈
   게요."

밝은 목소리로 선생님에게 인사를 드린 후 레슨실에서 연습실로 자리를 옮긴다. 처음 만난 바흐의 프렐류드와 푸가.
   프렐류드 부분의 악보를 먼저 펼쳐 첫 마디부터 마지막 마디까지 느린 속도로 건반을 눌러본다.
   포르투갈어 '바로코BARROCO'에서 '바로크'라는 말이 비롯되었다는 설이 있다. 불규칙하고 불완전한 모양을 한 진주를 가리키는 말로, 지금도 포르투갈 보석상들은 모양이

온전하지 않고 찌그러진 진주를 바로크 진주라고 부른단다. 르네상스의 합리주의와 이성주의에 심취한 신고전주의자들이 당시 진보적이고 반항적으로 들리는 음악을 향해 깎아내리는 말투로 사용한 단어가 '바로크'인 것이다. 온전하지 않고 찌그러진 진주를 칭하는 이 단어가 새로운 사조를 일컫는 말로 확장되었는지도 모른다는 것인데, 완전히 불완전한 내 연주가 한 달 후 어떤 모습으로 확장되어 있을까. 사실 나는, 악보를 받아들자마자 그날을 기대하기 시작했다.

버스에 승차한 지 5분도 안 돼서 빗소리가 이어폰 속 음악을 뚫고 들이닥친다. 관절이 부서져라 좌우로 움직이며 와이퍼가 빗물을 치워내는데 나는 우산이 없다.

피아노를 10분만 더 치고 학원에서 나왔더라면 비가 쏟아지기 시작할 즈음이었을 테고, 그럼 나는 내 비상용 우산을 건물 입구에서 펼치며 거리로 나올 수 있었을 텐데.

이까짓 비쯤 좀 맞으면 어때.

마음을 다르게 먹는다.

체르니, 모차르트, 쇼팽, 바흐를 의심의 여지없이 사랑했던 밤이잖아.

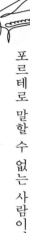

포르테로 말할 수 없는 사람이더라도

"속으로 삭이는 일이 많죠?"

"그런 편이에요."

"감정을 억누르는 성격이라면 더더욱 피아노를 연주할 때만큼은 이때다 하고 뻔뻔하게 발산을 해봐요."

쇼팽 왈츠 10번 B단조 암보 확인 레슨을 받던 중이었다. 이 곡의 흐름상 어느 정도 감정을 극대화시켜 표현해야 하는 f(포르테)와 조심스럽게 절제해서 표현해야 하는

P(피아노)의 음색에 변화를 주지 못하고 어물쩍 모호하게 넘어가자 선생님께서 연주를 중단시킨다.

"분명히 이 곡과 어울리는 감성이 있단 말이에요, 여진 씨는. 그런데 주춤하고 멈칫하는 게 느껴져요. 여기에 포르테가 있잖아요. 일상에서 포르테를 칠 수 있는 성격이 아니더라도 어떡해요. 여기에서만큼은 포르테로 표현해 주었으면 좋겠다고 쇼팽이 말하고 있잖아요."

〈콜 미 바이 유어 네임〉 그리고 바흐

영화 이야기다.

　한국에서는 2018년 3월에 개봉한 루카 구아다니노 감독의 2017년 연출작 〈콜 미 바이 유어 네임〉의 한 장면.

　녹음이 짙은 여름날, 이탈리아 북부 어딘가. 뒤뜰에서 기타로 바흐 곡을 연주하는 엘리오에게 잔디에 누워 있던 올리버는 방금 그 곡을 다시 한 번 연주해줄 수 없겠느냐 부탁한다. 엘리오는 올리버에게 따라오라고 말하고는 거실로 들어가 피아노 앞에 앉아 연주를 시작한다.

"곡이 좀 다른데 바꾼 거야?"

"조금 바꿨어요."

"왜?"

"리스트가 바흐의 곡을 편곡했으면 이런 식이었겠죠."

"그거 다시 쳐봐."

"뭘 다시 쳐요?"

"밖에서 쳤던 곡."

"아, 밖에서 쳤던 곡 얘기였어요?"

다 알면서 능청을 떠는 엘리오.

"부탁해."

엘리오는 피아노 연주를 다시 한다.

"믿을 수가 없다, 이번에도 바꿨네?"

올리버가 묻자 기다렸다는 듯 엘리오는 말한다.

"네, 조금 바꿨어요."

"그래, 왜?"

"부소니가 리스트 버전을 편곡했다면 이랬겠죠."

"그냥 바흐가 쓴 곡을 연주하면 안 돼?"

"바흐는 기타곡으로 쓰지 않았어요. 솔직히 이게 바흐 곡인지도 확실하지 않고."

"없던 일로 하자."

올리버가 밖으로 나가려 하자, 엘리오는 연주를 시작한다. 발길을 돌려 거실로 들어와 소파에 앉는 올리버.

연주를 끝낸 엘리오가 말한다.

"바흐가 젊을 때의 곡이에요. 형에게 바친 곡이죠."

안드레 애치먼의 소설 《콜 미 바이 유어 네임》이 영화로 만들어지고 이미 해외에서는 홍보가 한창이었다. 영화 포스터가 예뻐 눈길이 간 지는 오래였으나 한국에서는 아직 개봉일이 잡히지 않은 듯했다. 수프얀 스티븐스SUFJAN STIVENS의 오리지널사운드트랙 〈Visions of Gideon〉, 〈Mystery of Love〉를 먼저 듣고 반해버려, 원작 소설을 찾아보았다. 단순한 동기에서 책을 읽기 시작했지만 바흐가 등장하고부터 관심도가 달라졌다.

"This is the Bach as transcribed by me without Busoni and Liszt. It's a very young Bach and it's dedicated to his brother."

위에 내가 옮긴 영화 속 대사 한 구절의 원작 소설 버전은 이렇다. 흥미가 생긴 나는 단숨에 소설을 읽어내렸다. 아, 물론 한글 번역판《그해, 여름 손님》으로. 소설에서 엘리오는 이 곡을 바흐가 형에게 헌정한 곡이라고만 말할 뿐 곡명을 언급하지 않는다. 영화 개봉 후 영상으로 만난 엘리오 역시 이 곡을 연주만 할 뿐 곡명을 말해주지 않는다.

콜 미 바이 유어 네임 바흐. 검색.
엘리오 바흐. 검색.
검색 결과.
Capriccio on the departure of a beloved brother.

엘리오가 연주한 바흐의 곡은 〈카프리치오 B플랫 장조. BWV.992〉였다. 형에게 바친 곡이라더니 표제가 정말 '사랑하는 형이 떠나는 길에 보내는 카프리치오'란다.

바흐는 셋째 형의 죽음 후 남은 형제 셋 중 가장 친했던 세 살 터울 형 야곱이 스웨덴 군악대 오보에 연주자로 고향 독일을 떠난다는 소식을 듣고 이 곡을 만들었다. 궂은 길을 떠나는 형을 걱정하는 마음으로, 사랑을 담아 그를 배웅한다. 바흐가 열아홉 살이 되던 해였다.

카프리치오는 '변덕스러움, 일시적인 기분'이라는 뜻의 이탈리아어로, 음악용어로는 즉흥풍의 소품을 부르는 말이다. 바흐의 카프리치오는 총 여섯 곡으로 구성되어 있는데 각 곡마다 표제가 붙어 있다. 엘리오가 연주한 부분은 제5곡 〈마부의 아리아ARIA DI POSTIGLIONE〉로 형을 태운 마차의 생동감을 묘사한 곡이다.

나는 악보의 재고가 있기를 바라며 미리 알아보고 방문할 생각도 없이 서점으로 향했다. 조금 느리게, 혹은 한 음씩 충분히 눌러 조금 빠르게 연주하라는 음악 지시어와 함께 시작되는 열두 마디의 곡. 도돌이표를 지켜 연주하면 스물네 마디. 엘리오가 연주한 부분은 단 다섯 마디.

악보를 파악해 건반으로 옮기는 속도가 느린 나는 또 열심히 음표 하나, 쉼표 하나를 다듬어가며 연습을 시작한다. 영화 속 엘리오가 올리버에게 그랬듯 서투르더라도 진심을 담아 다가가고 싶었다.

한 시간이 조금 넘게 흘렀다. 스트레칭이 필요할 정도로 온몸이 뻐근하게 피아노를 치고서야 열두 마디를 노래할 수 있게 되었다.

떠나는 형을 위해 온 사랑을 담아 곡을 만든 열아홉의 바흐. 곧 이탈리아 마을 크레마를 떠날 올리버에게 자신의 마음을 대놓고 드러내기를 망설이며 이 곡을 들려준 열일곱의 엘리오.

다른 독자, 다른 관객은 어땠을지 모르겠지만 내가 느낀 이 접점 때문에 연습을 하는 내내 영화 속 두 주인공이 떠올라 손이 떨렸다. 감정이 격해져 심장 박동이 귀까지 따라붙기도 했다.

이 글을 쓰는 동안에는 영화에 나온 바흐 칸타타 BWV 140 〈눈 뜨라고 부르는 소리 있어WACHET AUF, RUFT UNS DIE STIMME〉 중에서 '시온의 딸들이 파수꾼의 노래를 들으며ZION HÖRT DIE WACHTER SINGEN'의 빌헬름 켐프의 피아노 편곡 버전을 반복 재생해 들었다(O.S.T 수록 버전도 좋지만 피아니스트 빌헬름 켐프의 연주도 들어볼 것을 추천한다).
한 편의 소설과, 영화에서 얻을 수 있는 모든 것을 얻었다.

바흐가 아름다운 이유

여태까지 쉬운 곡 하나 없었지만 바흐의 〈평균율 프렐류드와 푸가 D단조 BWV.851〉 중 프렐류드는 정말로 쉽지가 않다. 첫 시작부터 끝까지 분산화음의 연속이다.

첫 번째 난관, 손가락 번호를 정하기 어려움.

두 번째 난관, 정한 손가락 번호를 지켜내기 어려움.

세 번째 난관, 정신을 똑바로 차리지 않았다가는 이 비슷한 패턴 속에서 내가 어디까지 쳤는지 알 수 없음. 그야

말로 연주하기는 어려우나 길을 잃기는 쉬움.

네 번째 난관, 한번 틀리면 대충 얼버무릴 수도 없이 그걸로 끝장.

다섯 번째 난관, 오른손이 노래할 동안 왼손도 노래하라. 왼손이 노래할 동안 왼손도 노래하라.

그런데도 이 곡이 싫지 않은 이유는, 자칫하면 단순한 화성의 반복으로 보일 수도 있는 선율이 사실은 대위법을 바탕에 두고 치밀한 계산으로 이루어졌다는 사실 때문이다.

쉬는 날 피아노 학원에 들러 마음 편히 연습을 했다. 다섯 마디를 세 시간 동안 치고 나서야 속도를 내볼 수 있게 되었다. 처음부터 분산화음으로 연주하지 않고, 본연의 화음대로 노래하며 진행 방향을 익혔다. 그 후 왼손 따로, 오른손 따로 핑거링을 지켜 건반을 눌렀다. 한 마디를 두 개로 쪼개 연습을 하고, 그것조차 어려운 마디는 세 개로 쪼개 연습을 했다. 한 마디 전체가 손에 붙을 때까지 연습하고서야 그다음 마디로 넘어갔다.

엉덩이가 피아노 의자에 붙을 지경으로 앉아서 연습을 하다가 기지개를 켠다. 으으윽, 괜히 앓는 소리를 한 번 내고 벽에 잠깐 기댄다. 문득 초등학생 때 배웠던 바흐 2성 인벤션 4번이 생각났다. 아무래도 동일 작곡가의 같은 조성 곡인지라, 뇌에서 연관검색어로 분류해 끄집어 올린 것 같다.

선생님께 악보를 빌려볼까 하고 원장실을 얼쩡거린다. 부재중 메모만 남겨 있어 아쉬운 대로 내 자리로 돌아와 건반에 손을 올려본다.

높은음자리 '레'부터 시작했다. 분명하다.

레-미-파-솔-라-시플랫

무턱대고 시작을 했는데 이게 웬걸, 트릴TRILL♪이 등장하는 부분 이전까지 한 번도 끊이지 않고 양 손가락이 저절로 움직였다.

'어우, 깜짝이야.'

내가 치고도 신기해 놀란다.

바흐는 자신의 이름의 알파벳인 B, A, C, H에 해당하

♪ 트릴TRILL: 음악에서 중요한 꾸밈음. 떤꾸밈음이라고도 한다. 악보에 쓰여진 본음과 그 2도 위의 음(도움음)이 떨 듯이 교대로 나타나는 것.

는 음을 이용해 푸가를 만드는 천재였다. 그런 바흐가 혹시 작곡을 하면서, 누구라도 악절을 손가락에 익혀두면 10여 년이 지나도 저절로 연주할 수 있도록 어떤 장치를 해둔 게 아닐는지.

우리들의 이음줄

1.

드뷔시를 만난 건 중학교 2학년 때였다. 처음 들은 곡은
다른 외삼촌의 레코드 컬렉션에 있던 현악사중주곡이
다. 여기에도 엄청난 충격을 받아 금세 빠져들었다. 그리
고 오랫동안 나 자신을 드뷔시의 환생이라고, 거의 진심
으로 믿었다. 나는 왜 이렇게 엉뚱한 곳에 와서 살게 되
었는가, 왜 일본말을 하고 있는가, 라고 생각할 정도였다.
드뷔시 필적을 흉내 내어 공책에 수없이 사인 연습을 하기도 했다. 'Claude Debussy'라고.

– 피아니스트 류이치 사카모토,
자서전《음악으로 자유로워지다》중에서

2.

드뷔시는 쇼팽을 아주 존경했어요. 드뷔시는 쇼팽의 음악을 매우 좋아했고, 그 위대함을 제대로 이해하고 있는 쇼팽의 진정한 추종자였어요.

– 피아니스트 마우리치오 폴리니 인터뷰 중에서

3.

쇼팽은 평생 바흐를 연구했고 언제나 대위법적 시각에 입각해 음악을 구상했다.

– 영국 일간지 〈가디언〉 전 편집국장, 앨런 러스브리저

지금 보는 달은 그 옛날 예수가 봤고 석가모니, 마호메트도 봤을 거라던. 그러므로 그들은 연결되어 있는 것이고 그러니 결국 달을 바라보는 우리는 모두 이어져 있다던 말은, 진짜일지도 모른다.

물때가 끼기 직전에 화병의 물을 싱크대에 흘려보낸다. 수채통에 연분홍색 튤립 꽃잎이 걸린다. 바짝 말랐던 꽃잎이 한번에 확 젖어든다. 줄기 끝은 짓물러 있다. 강제로 물을 먹이는 짓은 이제 그만둬야 한다.

싱크대의 물기를 닦아내는 것으로 카페 청소를 마무리한다. 피아노 학원으로 넘어가 연습만 마치면 하루 일과가 끝난다.

손을 깨끗이 씻고 페이퍼타월로 물기를 완벽히 제거한

다. 일랑일랑 향이 나는 바디로션을 손등에 살짝 짠다. 손등끼리 비벼 바르고 엄지와 검지 사이를 꼼꼼히 바른다. 이때의 촉촉, 착착, 소리가 듣기 좋다.

악보에 체크를 할 용도로 연필 한 자루를 챙기고 휴대폰 배터리가 충분한지 확인한다. 텀블러에 얼음물을 담아 연습실로 향한다.

피아노를 배우기 시작하면서 혼자 있는 시간이 늘었다. 혼자일 수 있는 시간이 확보됐다.

누구든, 그 '누구'가 선생님이라고 해도, 내가 있는 연습실의 문을 열기 위해서는 문을 두드려야 한다.

내가 짓고 싶은 표정을 짓는다. 나만 잘 관찰하면 될 일이다.

웃고 싶지 않을 때마저 웃어야 하는 일은 이제 그만둬도 된다.

"연주회 때 피아니스트가 연주 도중 틀렸다고 해서 다시
치는 거 본 적 있어요?"

없다.

없었다.

절대 일어나지 않을 일 같다.

모차르트 소나타 12번 F장조 1악장을 처음부터 끝까지
자연스럽게 연결할 수 있는지 점검하기 위해 연주를 시작

했다. 제8마디였다. 점음표 박자를 제대로 맞추지 못한 것 같아 끊고 다시 연주했다. 찰나였고 무의식적으로 한 행동이었다. 내게 그런 이유가 있었거나 말거나 선생님은 봐주지 않고 곧장 지적을 한다.

"틀려도 그냥 가는 거예요. 돌아가서 한 번 더 치는 게 틀린 것보다 더 안 좋아요. 연주회일 경우에는 특히 그래요. 더 안 좋은 수준이 아니라 최악인 거예요."

생각해보니 정말로 그랬다. 리사이틀에서도, 오케스트라 연주회에서도 실수를 넘기고 다음으로 넘어가는 연주는 들어봤어도 실수했던 곳으로 돌아가서 같은 부분을 반복하는 연주는 들어본 적 없다.

나는 앞으로도 허다하게 실수를 반복할 것이다. 사실, 절대 틀리지 않는 것만이 완벽한 연주라고 생각하지도 않는다. 하지만 그렇대도 감정만 살아 있고 테크닉이 결여된 연주자가 되고 싶지도 않다. 실수가 잦아지는 구간에서 손가락이 헤매지 않도록 연습하고 곡에 몰입하는 법을 체득한다.

여기에 하나 더. 나조차 예측할 수 없었던 실수라도 손목 붙잡히지 말아야 한다는 걸 알았다. 당장에 안 되니, 노력이 필요하다. 다짐한다. 실수 다음에 오는 것이 무엇이든 가보기로 했으면, 되돌아가지 말고 그냥 가.

딱 한 번 밀고 가면 돼.

날씨가 제법 따뜻해져 옷차림이 가벼워졌다. 반팔 티셔츠를 입고 일을 하는데 손님이 놀라 묻는다.

"그거 언제 지워져요?"
"아, 이거 안 지워져요."

쑥스럽게 웃으며 대답한다. 예상치 못한 관심을 받고 낯이 확 뜨거워진다. 내 몸에는 타투가 많다. 양 팔에 특히 많다. 그림도 있고 글씨도 있다.

"무슨 뜻들이에요?"

설명이 어려워 이번엔 환한 웃음으로 대답을 대신하고 주문한 커피를 내민다. 내 몸에 늘 있는 거라 남이 보고 묻지 않는 이상 의식하지 못할 때가 많다.

출입문을 열고 손님이 나간 후 내 팔을 한번 들여다본다. 세상에서 가장 좋아하는 동물 북극곰 두 마리가 있고, 곰 인형 그림, 또 좋아하는 만화 캐릭터가 있고, 큰 하트 하나, 작은 하트 하나가 있고, 문도 두 개가 있다. 그리고 좋아하는 단어, 문장들을 영어, 프랑스어, 라틴어로 여기 저기 자잘하게 새겼다.

맨 처음 타투를 할 때는 하나하나 의미를 부여했는데 점점 단순해져간다. 하고 싶으면 하는 거다.

작년 여름, 왼쪽 팔목 윗부분에 한 타투가 가장 선명해 서 쓰윽 만져본다.

till death, we do art.

죽을 때까지 예술을 하겠다고. 거참 호기롭다.

속으로 읽어본다. '내'가 아니고 '우리'라고 했다.

나는 어째서 '우리'라고 했었나.

내가 생각하기에 삶은 예술이 아닌 것 같다. 하지만 삶을 살아내는 사람들은 모두 예술성을 가지고 있다고 생각한다. 늘 지니고 있는 거라 알아보지 못할 때가 많을 뿐이다.

아름다운 걸 나 혼자 발견해서 보는 게 무슨 소용이람.

같이 있자.

그리고 우리 함께하자.

過잉보호

욕실 문을 닫으려다 오른손 검지를 찧었다.
너무 아파 왼손으로 오른손을 부둥켜 감싼다.

　'손 다치면 안 되는데.'

뼛속까지 피아노 칠 생각이다.

4. ALLEGRO CON AMORE |알레그로 콘 아모레| 빠르게, 애정을 담아

나는 내 인생의 최초 목격자

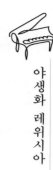

　"오늘 퇴근하고 시간 있어?"

　"아, 어쩌지. 나 퇴근하고 피아노 연습해야 해."

이런 식으로 사람들과 약속을 잡지 않은 지 꽤 됐다. 내가
요즘 제일 많이 하는 말은 아마 '시간이 없다'일 것이다.

　서른을 기점으로 하루에 네다섯 시간만 자고 활동하는
게 거의 불가능해졌다. 끼니는 걸러도 잠은 거르지 못하겠
다. 잠자는 시간을 줄일 수 없으니 더욱 시간이 모자란다.

"체력이 급격히 떨어졌어. 나도 늙었나봐."

내 말에 아빠는 기가 막히다는 듯 날아다니고도 남을 나이라고 그런 말 하지 말라며 핀잔이다.

스물네 시간 중 여섯 시간은 꼭 잠을 자야 하고, 세 시간쯤은 퇴근 후 집에서 가만히 누워 휴대폰을 만지고 책을 읽거나 영화를 보는 데 쓴다.

출근 준비 한 시간. 출근하는 데 한 시간. 일을 끝내고 퇴근 후 피아노 연습하는 데 평균 두 시간. 글을 쓰는 시간. 인터넷 강의를 듣는 시간. 시간을 쪼개고 쪼갠다.

카페 운영일이 변경되어 화요일부터 일요일까지 출근을 하고 월요일 하루를 쉬는데 주 4일을 저렇게 보내고, 출근 5일째, 6일째가 되는 토요일과 일요일에는 퇴근 후 인터넷 강의를 듣고 과제를 한다. 그렇지 않으면 곧장 집으로 가 쓰러져 눕는다. 잠을 포기하고 부지런을 떨어봤는데 몽롱하고 정신이 없어서 깨어만 있을 뿐 생산적이거나 창조적인 일을 하는 데는 하등 도움이 안 된다.

열네 시간씩 몰아서 자던 잠만 줄여서 월요일 휴무에는 극장이나 집에서 영화 한 편을 본 후 피아노 학원으로 가서 네 시간쯤 연습을 한다. 좋아하는 외국 뮤지션의 내한 공연이 있던 날을 제외하고 매번 비슷한 일과를 반복했다. 이렇게 시간을 활용하는데 시간이 없다는 말을 왜 입에 달고 살까. 따져보니 친구를 만날 시간이 없는 것이었다.

이럴 땐 꼭 하나를 얻으려면 하나를 버려야 한다는 게 불변의 진리처럼 다가온다. 피아노를 배우며 사람을 끊게 됐다. 출퇴근 시간이 정해져 있으니 피아노를 연습할 수 있는 시간은 제한적인데, 하루라도 연습을 빼먹으면 바로 티가 나 그다음 레슨을 받으나 마나 한 꼴이 되었기 때문이다. 사람 만날 시간이 사라졌다.

"아빠, 뭐 해요?"

퇴근 무렵 아빠에게 전화를 건다. 몇 주 전부터 아빠와 밖에서 술 한잔을 하려고 했는데 서로 일정이 맞지 않아 불발이 되었다. 일단 목소리라도 듣자 싶었다. 모처럼 아빠도 여유로워 영화를 봐도 좋고, 저녁을 먹어도 좋다는 대답을 들었다. 잠시 망설인다. 피아노 연습을 해야 한다고 할 것인가. 아니면 퇴근하자마자 우리 동네로 넘어갈 것인가.

"아빠, 나 퇴근하고 넘어가면 아홉 시쯤 돼요."

아빠를 만나야겠다. 아빠와 이야기를 나누고 싶다.

버스에서 내려 약속장소까지 걸어가는 길. 횡단보도 근처 인도에 야생화 화분이 쭉 깔려 있다. 처음 보는 꽃들에 내가 걸음을 멈추자 허리에 전대를 두른 할머니가 옅게 미소를 지으신다.

가랑코에. 일 년 네네 꽃 핌.

맞춤법은 틀렸지만 검정 유성 매직펜으로 큼지막하게 쓰여 있어 그런가, 왠지 신빙성이 높아 보인다.

레위시아. 꽃 많이 피고 내년에 더 많이 핌.

꽃말인 듯 꽃이름에 딱 붙어 적혀 있다. 올해도 이렇게 예쁜데 내년에 더 예쁠 거란 소리네.

먼저 나를 발견했는지 아빠가 내 옆에 쓰윽 선다.

"어, 아빠."

"아빠가 갈 데 정해놨는데."

"응, 배고프다. 얼른 가자."

잠시, 지금 내가 보고 있는 꽃을 아빠도 함께 내려다본다.

앞으로 이거 들으면 제 생각날걸요

어떤 음악은 누군가의 이름이 붙어서 들을 때마다 그 사람은 물론이고 음악을 듣던 분위기까지 세트로 딸려오게 만드는 것 같다고 말한 적 있다. 음악을 추천받아 듣는 경우도 이에 속한다. 무심코 듣고 있다가 '이거 그 애가 추천해준 거였는데' 하는 경험, 다들 있지 않을까?

지금 내가 '그 애'가 되어보려 한다.

피아노곡을 들어보고 싶은데, 방대한 곡들 중 무엇부터 들어야 좋을지 몰라 방황하는 분들이 있을 것이다. 이 책의 이야기를 통해 언급한 곡 이외에, 내가 중학교 때부터 들어왔거나 최근 사랑에 빠졌던 곡들을 시대별로 간추려 봤다. 들으며 진짜 이 곡 미쳤다 싶어 소름이 한 번은 돋았었고, 하던 동작도 한 번은 멈췄었다.

한 곡당 적어도 세 명 이상의 연주자 버전을 비교하며 듣는데 그중 나와 가장 결이 맞았던 피아니스트의 이름까지 적어둔다. 브람스, 라흐마니노프, 리스트의 곡들도 찾아 듣는데 마음에 확 닿는 곡을 아직 못 만나 목록에는 넣지 못했다. 지극히 개인적인 취향이지만, 그래도 내가 사랑하는 노래가 부디 당신의 마음에도 들기를 바라며.

1. 바로크

- 바흐: 하프시코드를 위한 파르티타 나단조 6번(Bach: Partita (French Overture) For Harpsichord In B Minor BWV.831. VI.Bourree Ⅰ-Ⅱ), 피아니스트 발터 기제킹 (Walter Gieseking)

- 바흐: 소나타 2번 내림마장조(Bach: Sonata No.2 In E Flat Major. BWV.1031 -Arr.Wilhelm kempff-Siciliano) 편곡 피아니스트 빌헬름 켐프(Wilhelm Kempff)

2. 고전주의

- 모차르트: 환상곡 다단조(Mozart: Fantasia In C Minor KV.396), 피아니스트 다니엘 바렌보임(Daniel Barenbiom)

- 모차르트: 피아노 소나타 12번 바장조 3악장(Mozart: Piano Sonata No.12 In F Major KV.332), 피아니스트 다니엘 바렌보임

- 베토벤: 피아노 소나타 23번 바단조 열정 3악장 (Beethoven: Piano Sonata No.23 In F Major Op.57), 피아니스트 백건우

- 베토벤: 피아노 소나타 17번 라단조 템페스트 1악장 (Beethoven: Piano Sonata No.17 In D Minor Op.31-2), 피아니스트 백건우

- 베토벤: 피아노 소나타 21번 다장조 발트슈타인 1악장 (Beethoven: Piano Sonata No.21 In C Major Op.53), 피아니스트 백건우

3. 낭만주의

- 쇼팽: 폴로네이즈 6번 내림가장조 영웅(Frederic Chopin: Polonaise No.6 In A Flat Major Op.53), 피아니

스트 조성진 (이 곡은 누구나 한 번은 들어봤을 곡이지만 꼭 조성진이 연주한 버전으로 들어보길 바란다. 꼭, 꼭!)

- 쇼팽: 발라드 4번 바단조(Frederic Chopin: Ballade No.4 In F Minor Op.52), 피아니스트 조성진
- 쇼팽: 즉흥환상곡 4번 올림다단조(Frederic Chopin: Fantasie Impromptu No.4 In C Sharp Minor Op.66), 피아니스트 빌헬름 켐프
- 쇼팽: 스케르초 2번 내림나단조(Chopin: Scherzo No.2 In B Flat Minor Op.31), 피아니스트 임동혁
- 슈베르트: 4개의 즉흥곡 4번 내림가장조(Schubert: 4 Impromptus No.4 In A Flat Major Op.90 D.899), 피아니스트 임동혁
- 슈베르트: 피아노 소나타 21번 내림나장조 2악장 (Schubert: Piano Sonata No.21 In B Flat Major D.960), 피아니스트 크리스티안 지메르만(Krystian Zimerman)

5. 인상주의

- 드뷔시: 렌토보다 느리게(Debussy: La plus que lente L.121), 피아니스트 다니엘 바렌보임
- 드뷔시: 베르가마스크 모음곡 4번 파스피에(Debussy:

Suite Bergamasque L.75 Ⅳ-Passepied), 피아니스트 조
성진

- 드뷔시: 영상 제1권. 1번. 물의 반영(Debussy: Image
  book 1. L.110-1.Reflets dans L'eau), 피아니스트 조성진
- 라벨: 물의 유희(Ravel: Juex D'eau), 피아니스트 마르타
  아르헤리치(Marta Argerich)
- 라벨: 밤의 가스파르-3번. 스카르보(Ravel: Gaspard De
  La Nuit M.55-Ⅲ Scarbo) 피아니스트 마르타 아르헤
  리치

어느 하루

매주 월요일에 쉬는 나 같은 사람에게 일요일 밤이란 다른 사람들과 잠시 다른 시차의 시간대를 사는 것과 같다. 가족 모두 월요일을 위해 분주히 하루를 마무리하고 잠자리에 들었는데 나만 긴장이 풀려 있다. 300㎖짜리 맥주 한 캔을 천천히 마시며 앉은 것도 누운 것도 아닌 자세로 베개에 기대 리모컨으로 영화를 튼다. 엔딩크레디트가 올라가는 것까지 다 보고 시계를 확인하니 새벽 3시 10분. 건조한지 눈이 따끔거려 실눈을 뜬 채로 주변을 정리하고 잠자리에 든다.

너무 조용해서 눈을 뜨니 그제야 살던 시간대로 돌아와 있다. 오전 11시. 몽롱하다. 시차적응을 한다. 식구들이 나간 줄도 모르고, 한 번도 깬 적 없이 깊은 잠을 잤다. 아니다. 꿈이 사나웠다. 깊은 꿈이었던 걸로 하자.

조금 더 자볼까 하다가 허겁지겁 몸을 일으킨다. 은행에서 발급해야 하는 서류가 필요해서 은행에도 가야 하고 인터넷 강의도 들어야 한다. 씻고, 머리를 말리고, 옷을 입고, 화장을 하고, 엄마가 해두고 간 토스트를 급히 먹고, 집을 나선다.

은행 도착. 대기 인원 25명. 기다릴까 갈까 잠시 고민하다가 기다리기로 한다. 40분 만에 은행에서 나와 자주 가는 카페까지 걷는다. 지갑과 휴대폰을 함께 쥔 오른손에 땀이 차기 시작한다. 오후 12시 45분. 카페 도착.

세 시간 동안 온라인 수업을 듣고 필기 내용을 정리한다. 숨이 차오른다. 호흡이 가빠진다. 시선을 아무데나 두고 멍하니 있고 싶은데 그게 잘 되지 않아 숨만 크게 들이마시고 내쉰다.

고민이 시작된다. 무엇을 할 것인가.

'쉬는 날이잖아. 영화를 보러 갈까. 집에 가서 다시 누울까. 피아노 레슨이 금요일이었던가. 오늘 연습을 하지 않으면 화요일, 수요일, 목요일에 연습하고서 바로 레슨일 텐데.'

고민 끝. 피아노 학원으로 방향을 잡는다. 쉬는 날마저 일하는 곳 가까이 간다는 건 왠지 온전히 쉬는 느낌이 나지 않지만 그런 느낌보다 피아노 연습이 더 중요하다.

오후 5시. 피아노 학원 도착. 늘 그랬듯 아농, 체르니 40번으로 손을 풀고 쇼팽, 모차르트 소나타 연습을 한창 하니 두 시간이 지나 있다. 노크 소리에 고개를 돌리니 선생님이 연습실 문을 연다. 밖에서 내 피아노 소리를 듣고 조언을 해주려는 줄 알았는데 악보들을 건네주신다.

"호흡이 꽤 긴 곡을 배우고 있잖아요. 짧은 호흡 안에서 악상을 충분히 살리며 건강하게 치고 넘길 수 있는 곡 몇 가지 줄게요. 여진 씨 취향과 분위기에 어울리겠다 싶은 곡으로 제가 다 쳐보고 드리는 거예요."

"지금 저도 바로 쳐볼게요. 어? 그런데 이건 원래 이렇게

짧아요?"

받아든 악보를 보니 체르니가 작곡한 연습곡인데 열한 마디, 딱 한 페이지 분량이다.

"네, 이만큼 맞아요."
"처음 봐요."
"널리 알려진 곡은 아니지만 굉장히 좋은 곡이에요."

악보 맨 위에는 이런 설명이 적혀 있다.

[Carl Czerny. Etude Op261. N0.125 〈125 Exercises for passage playing〉 4성부 전체를 서정적으로 노래하기. 지속음을 누른 채 손을 펼치거나 오므리기. G#minor 올림사단조 연주를 위한 무게감 있는 터치]

"앞으로 체르니 40번 레슨은 그만할게요. 이제 혼자서 충분히 연습할 수 있는 것 같아요. 악보 보는 시간도 점점 단축되고 있고요. 맞죠? 다른 곡들을 연습할 때 각 패시지에서 연습이 필요한 부분을 찾아 스케일은 스케일대로, 아르페지오는 아르페지오대로 부족함을 느낄 때마다 연습하구요. 다음 시간에는 오늘 드린 악보 같이 살펴볼 게요."

선생님이 방을 나간 후 방금 받아든 체르니 연습곡을 천천히 들여다본다.

모데라토MODERATO. 보통 빠르기.

셈프레 레가티시모SEMPRE LEGATISSIMO. 끊임없이 극단적인 레가토로 앞의 음표가 다음 음표와 약간 겹치듯 연주할 것.

4분의 4박자. 다섯 개의 올림표.

처음은 늘 조심스럽다. 셈여림표를 지켜 여리게 시작한다. 거의 한 마디마다 겹올림표가 있어 헷갈리지만 천천히 한 음씩 건반을 눌러나간다. 굉장히 어설프게 소리를 냈는데도 이런 생각이 들었다.

'이 곡 제대로 치면 진짜 엄청나겠다. 완전 내 스타일.'

저녁 8시. 집으로 가야겠다.

오늘이 끝나려면 네 시간이나 남았지만 시차를 바꿔 내

가 먼저 하루의 끝에 가 있으려 한다.

"이 곡은 체르니가 작곡한 가장 아름다운 작품들 중 하나
로, 유일하게 올림사단조(G#minor)로 되어 있는 곡입니
다. 체르니의 시적인 면모는 베일에 싸여 있습니다."

마지막으로 연습한 체르니 악보 맨 밑, 편저자가 달아놓은
주석이 마음에 들어 몇 번을 곱씹는다. 어서 오늘은 그만
살고, 내일을 살기를 바랐던 나에게 보석 같은 곡이 도착
했다.

처
음
부
터

좋
아
하
고

싶
은

사
람

"쇼팽, 모차르트, 베토벤. 이들이 아이돌 가수 같은 느낌

이라면 체르니는 언더그라운드에서 조용히 자기 음악하

면서 보컬레슨하는 사람 같은 느낌이랄까? 나 앞으로 체

르니 팬할래."

새로 받은 체르니 연습곡 Op261. 올림사단조 곡이 픽이나

마음에 들었는지 체르니 예찬론을 펼쳤다.

"유명하지 않아서 음원으로 찾아 들을 수도 없지만, 좋은 곡 너무 많아. 원래 그랬어?"

이렇게까지 말하는 나에게 음대 출신, 전직 피아노 선생님 인 내 친구 인이가 한마디 던진다.

"야, 네가 피아노를 좋아하니까 체르니도 파고드는 거지. 애들은 체르니 제일 싫어해."

나도 어린 시절 체르니를 싫어했을까? 기억에 없어서 이 사실의 진위 여부도 가릴 수 없다. 체르니를 처음부터 좋 아했다고 말하고 싶으니, 이럴 때 보면 꼭 기억이 전부 현 재 내 입맛에 맞춰진 거짓말들 같잖아.

모차르트 피아노 소나타 8번 A단조 KV.310을 처음 들은
건 2014년에 방영된 드라마 〈밀회〉에서였다. 성공을 위해
앞만 달려온 예술재단 기획실장 혜원과 음악에 재능이 있
으나 지원이 필요했던 청년 선재가 피아노를 통해 교감하
고 사랑을 키워간다는 본격 섹시 치정 멜로. 안 볼 이유가
없었다.

퀵 서비스 일을 하던 선재는 피아노 연주회를 위한 공연

장에 배달을 갔다가 무대에 놓인 피아노를 보고 호기심을 참지 못한다. 아무도 없을 거라 생각하고 몰래 연주를 하던 중 인기척에 놀라 도망간다. 대기실까지 울려 퍼졌던 피아노 소리를 들은 피아노 학과의 강 교수는 그 실력이 심상치 않다 여겨 선재를 찾아 나선다. 그리고 한때 피아노를 전공했던 자신의 부인 혜원에게 선재의 재능을 평가해볼 것을 권한다.

혜원의 집에 초대받은 선재가 그녀 앞에서 연주한 곡 중 하나.

모차르트 피아노 소나타 8번 A단조 1악장.

이 곡은 모차르트 피아노 소나타 중 유일한 단조의 곡으로 모차르트가 파리에 가서 처음 작곡한 것으로 추정된다. 이 소나타를 작곡하고 얼마 지나지 않아 모차르트의 어머니는 파리에서 유명을 달리한다. 그것을 예상하기라도 한 듯 비극을 느끼기에 충분한 멜로디로 시작해 끝까지 긴장감과 격정을 떠안겨주는 노래. 드라마에서 선재가 이 곡을 연주하는 부분만 몇 번을 돌려봤는지 모르겠다.

"그냥 저 사랑하시면 돼요. 밑질 거 없잖아요. 분명 제가 더 사랑하는데."

혜원을 사랑하게 된 선재가 혜원에게 떨리는 목소리, 패기
넘치는 말투로 전한 고백.

나와 몇몇 내 친구들은 이 드라마를 각자의 집에서 시
청하며 실시간으로 문자를 주고받았다.

"야, 방금 대사 들음?"
"미친 선재. 그냥 날 사랑해. 밑질 거 없잖아. 내가 더 사
랑하는데."

우리들은 한동안 장난을 치다가도, 진지한 대화를 나누다
가도 뜬금없이 대사를 툭툭 치며 우리만의 방식으로 여운
을 즐겼다.

결코 가벼운 곡이 아니라는 걸 인지하며 좋아하는 곡을
한 번이라도 내 손으로 연주해보자 싶어 악보를 펼친다.

8. SONATE. 알레그로 마에스토소ALLEGRO MAESTOSO.
빠르고 장엄하게.

지시어부터 묵직하게 마음을 누른다. 손가락이 따라갈 수

있을 정도로 속도를 낸다. 욕심은 거둔다. 건반을 두들기는 데서 그치는 게 아니라 노래가 될 수 있도록 연습한다. 제10마디까지만 가능할 것 같다. 음원사이트 앱을 켜서 피아니스트에 따라 어떻게 연주했는지 제시부를 하나하나 들어본다.

예상할 수 없는 시간, 예상하지 못한 장소에서 만났던 모든 것.

어떤 문장, 어떤 음악, 어떤 사람이 오래 기다리다가 지금에서야 만나 한 자리에 모인 기분이다.

이제 내가 그냥 한꺼번에 사랑하면 될 것 같다. 밑질 게 없으니까.

책장에 국사 교과서가 아직도 있나 찾아보다가 중학교 때 쓰던 것으로 추정되는 파란색 필기노트를 발견했다.

　　중3 국어. 30312 김여진.

10여 년 전 교복 차림의 내가 했던 모든 짓은 흥미진진하다. 그렇게 한 장 한 장 넘기다가 잠시 멈췄다. 꿈 목록을 작성해 그 꿈을 이룰 수 있도록 노력하자는 주제로 뭘 썼

나보다. 기억에 없는 것을 보니 선생님께서 시간을 정해주고 써내라고 하니 얼른 쓰고 딴짓 하자 싶어 별 간절함 없이 생각나는 대로 날려 쓴 모양이다. 아래에는 차마 옮기지 못했지만, 아이돌 가수 숙소 앞에 가는 게 꿈씩이나 될 일이었나.

가고 싶은 곳, 하고 싶은 것, 배우고 싶은 것.

이렇게 세 가지로 분류한 목록이 적혀 있다.

1. 가보고 싶은 곳

독일의 라인 강, 아프리카의 사막, 이집트의 피라미드, 프랑스 파리의 에펠탑, 두나가 사는 페루, 베토벤, 모차르트, 쇼팽이 태어난 곳, 덴마크에 있는 인어공주 동상 앞, 이탈리아 피렌체 두오모. 다 가고 유럽 일주.

2. 하고 싶은 것

우리 학교 운동장 여섯 바퀴 7분 안에 돌기, 외국 남자랑 연애하기, 만리장성 걸어보기, 이글루에서 살아보기, 하루 종일 비디오 보기, 헬리콥터 타보기, 번지점프 해보기, 뉴질랜드 가서 양털 깎아보기, 내 방 도배하기, 밤새서 공부해보기, 다른 지역으로 전학 가보기, 서점에서 일해보기, 카페 차려보기, 고양이 키워보기, 다른 나라 맥도날드에서 햄 버거 먹어보기, 그리스 로마 신화 전집 다 읽기, 165cm까지 키 크기, 상아색 머리카락으로 탈색하기, 여아남아 이란성 쌍둥이 낳기.

3. 배우고 싶은 것

첼로, 피아노, 바이올린.

신기한 건 열여섯 살에 작성했던 이 목록을 잊고 살았음에도 그로부터 스물여섯이 될 때까지 10년 동안, 가고 싶었던 곳에 거의 다 가보았다는 거다.

나는 '죽기 전에 이것만은 해야겠다 싶은 일'을 딱히 정해두지 않는다. 그때그때 기분 내키는 대로 행동하고 당장 할 수 없다 싶으면 마음에 두고 기다리는 편이다. 그러니 굳이 써서 남길 필요도 없었다. 그런데 생전 없이 살았다고 생각했던 버킷리스트가 중3 국어 필기 노트에서 튀어나올 줄이야.

발견한 김에 열여섯 살 내 꿈을 이루어줄 생각이다. 서른한 살의 나와 의견 조율을 잘해서 하나씩 하나씩.

모차르트는 여덟 살에 교향곡을 처음 작곡하고 열한 살에 오페라를 작곡했대요.

나는 가끔 천재들의 마음이 궁금해요.

프랑스 소설가 로맹 가리는 문학상을 받고 나서 '에밀 아자르'라는 가명으로 소설을 썼잖아요. 자신이 로맹 가리라는 걸 철저히 숨기고요. 그러고도 또 공쿠르상을 받았어. 그때 그의 기분은 어땠을까. 내가 나 자신임을 드러내지 않고 다른 이름을 지어 작품을 발표했는데도 인정을 받았어. 스스로를 자랑스러워했을까? "역시 나야" 싶었을까? 그런데 로맹 가리는 권총으로 자살을 했어요. 사람들은 로맹 가리가 에밀 아자르를 질투한다고 비판하기도 했대요. 둘이 동일인물이라는 건 그가 죽고 나서야 밝혀졌고요.

나는 천재라고 불리는 예술가들의 마음이 궁금해.

이랬을 것이다, 저랬을 것이다, 하는 추측은 그만 듣고 싶어요.

성급히 판단했다가 늦게 반성하는 사람들을 너무 많이 봤어요.

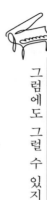

그
럼
에
도

그
럴

수

있
지

스포르찬도 피아노SFORZANDO PIANO는 스포르찬도로 돌연 악센트를 넣어서 특히 세게 쳤다가 곧장 여리게 치라는 셈여림 기호다. 단 한 음을 누르면서도 이 뉘앙스를 풍겨야 할 때가 있으며 똑같은 기호가 연이어 표시되어 있다 해도 곡의 진행에 따라 각기 다른 방식으로 소리 낼 수 있어야 한다. 그만큼 연주자의 섬세함을 필요로 하는 셈여림표다.

모차르트 소나타 12번 F장조 1악장 제95마디. 전개부가 시작되며 스포르찬도 피아노가 등장한다. 연습을 하다가 연필을 집어 들고 스포르찬도 피아노 바로 옆에 '살살 세게'라고 적는다. 힘을 실어야 하는 건 맞지만 흐름상 무턱대고 쾅 쳐서는 안 된다는 걸 명심하려고 급하게 적은 건데 아니, 살살 누르면서 세게 치라니.

영화감독 마이클 커티즈가 사랑하는 장면을 연기하는 개리 쿠퍼에게 "조금 더 가깝게 떨어질 수 있어?"라고 제안했다는 일화가 떠오른다. 개리 쿠퍼가 받은 지시를 받은 양 나도 A를 하면서도 그와는 어울리지 않을 법한 B를 충분히 행동한다. 떨어져 있으면서도 꽉 껴안아본 적 있고 그 반대로 꽉 껴안고 있으면서도 사실 떨어져 있기도 했다. 잔인하게 말하면서도 속으로는 울고 있었고, 태연하게 굴면서 불안에 떨기도 했다.

집에서 혼자 술을 마시다가 만취해 잠들었던 몇 해 전 어느 겨울날. 새벽 5시 반에 일어나 출근을 준비하며, 잘 살고 싶다는 생각을 되뇌던 때. 나약하기 짝이 없어 쉽게 휘청거리고 흔들리면서도, 혼란스러운 가지들 다 쳐내고 나면 남은 본연의 내 모습은 건강함일 거라는 마음이, 맨 바닥을 파내고도 더 깊은 곳에 묻혀 있음을 알았다.

흐름상 센 폭풍과 여린 물결이 묶인 스포르찬도 피아노가 존재했을 뿐이다.

대단히 망가져 있으면서도 틀림없이 건강할 수 있다.

프
랑
스
인
드
뷔
시
를
만
나
고

공기에서 먼지 맛이 난다. 아침 레슨을 받기 위해 집 밖을
나서자마자 코가 맵다. 요 며칠 서울은 계속 이 상태다. 숨
쉴 때마다 먼지를 먹고 속이 상한다. 잠시 카페에 들러 선
생님 몫으로 한 잔, 내 몫으로 한 잔 커피를 내려 학원으로
들어간다.

"쇼팽이랑 모차르트 언제 놓아줄 거예요?"
"선생님, 저 놓을 생각이 없나봐요."

"악보를 다 볼 줄 아니까 이런 경우에는 넘어가기도 하는데, 본인이 유야무야 넘어가고 싶지 않아 하는 것 같은데?"

악보 숙지는 했지만 깔끔하게 덮고 넘어가기에는 애매한 두 곡을 두고 선생님과 농담과 진담을 섞어가며 이야기를 나눈다.

"선생님, 이 상황에 이 말 해도 되는지 모르겠지만, 꼭 연주해보고 싶은 작곡가의 곡이 있어서요. 드뷔시 곡 중 아무거나 악보 좀 빌려주시면 안 될까요?"

선생님은 충분히 가능하고, 심지어는 좋은 생각이라며 드뷔시 악보들 중 하나를 꺼낸다. 그런데 페이지를 넘기는데 그 사이 책갈피가 끼워져 있다.

"내가 이걸 언제 끼워뒀더라? 어머, 나중에 여진 씨 주려고 표시해놨었나보다."

드뷔시의 곡처럼 신비한 분위기가 레슨실에 흐르고 이내

감출 수 없는 미소가 내 입가에 번진다. 클로드 드뷔시의 두 개의 아라베스크 1번 E장조를 받아 들었다.

드뷔시는 인상주의 음악을 대표하는 작곡가다. 백과사전에는 '인상주의 음악이란 회화의 인상주의에서 음악에 도입된 용어로 드뷔시에 의해 대표되는 음악 양식'이라고까지 적혀 있다. 원하고 있지만 엄두가 나지 않는 일이 있다. 드뷔시의 곡이 내게는 그랬다. 조성진 피아니스트가 2017년 11월에 발매한 드뷔시 앨범을 들으며, 유튜브를 통해 몽환적인 음들을 표현하는 긴 손가락을 보며, 나도 비슷한 소리를 내는 게 가능할까 싶었다.

"그러면 우리 이거 레슨 시작해요. 다음 주 레슨일 전까지 혼자서 앞에 다섯 마디를 연습해오는 걸로 해요. 처음에는 오른손만, 그다음에는 왼손만, 그다음에는 메트로놈 켜놓고 양 손으로, 그다음에 메트로놈 없이 양 손으로."

해가 다 지고 퇴근 후, 연습실로 들어가 아농으로 손을 풀고 체르니를 친 다음 드뷔시의 아라베스크를 펼친다. 피아노에서 어떻게 이런 소리가 날 수 있게 만든 거지? 섬세하게 표현하기에 부족한 첫 연습임에도 한 음에서 다른 음으로 넘어가는 소리가 아름답다. 인상주의 미술가 세잔과 모네의 작품들이 떠오른다. 때로는 따뜻하고, 곧잘 묘해지고, 언제나 빛나는 그림들. 내가 상상한 그 그림들 위에 아라베스크 문양이 소리로 변해 흐른다. 학원 문을 닫아야 할 시각에 밖으로 나오며, 아침에 마셨던 공기와 별반 다를 것 없는 공기를 마신다.

'그런데 지금 내 기분은 완전 프랑스야.'

멀리 음원으로만 듣던 소리를 내 중심에서 꺼내 들으니, 열두 시간 거리 프랑스의 분위기가 코앞에 닿는다.

피네에서 마치다

잠에서 깨 눈을 떴는데 투둑투둑 빗소리가 들린다. 흩날리는 비가 아니라 쏟아지는 비다. 빗소리에 잠에서 깨는 것이든, 잠에서 깨어보니 빗소리가 들리는 것이든 좋다. 빗소리와 잠이 함께 있는 건 흔치 않은 행운이다.

쉬는 날이다. 시계를 보니 아직 아침 9시. 조금 더 자도 된다. 이불을 둥글둥글 말아 끌어안는다. 홍대 상상마당 시네마에 가서 영화를 볼 계획인데 내가 볼 영화는 1시 시작이다.

어슴푸레한 방, 선명한 빗소리. 아주 흡족하다. 다시 눈을 감는다. 그런데 잠은 오지 않는다. 깨어났을 때 아무 고통도 없으면 죽은 줄 알라고 김영하 소설에서 읽었는데.

사랑 없이 산 지 몇 년이 됐더라. 1년이 넘었다. 시간이 없어서 연애를 못한 줄 알았는데 시간이 있어도 연애는 안 했을 것 같다. 다 좋은데, 감수성이 조금 메말랐다. 가끔은 하나도 외롭지 않아서 내가 인간이 아닌 것처럼 느껴지기도 한다. 누구도 그립지 않다. 개네들이 그런 말 한 것도 아닌데 내가 다 서운하다. 여태까지 내가 누군가를 만나 연애를 하고 사랑을 하긴 했나, 그게 다 내 얘기가 맞나. 과거의 연인들을 차례차례 떠올려본다.

그러다 '이거 내가 감정이 전과 같지 않아서 그 슬픈 쇼팽 왈츠 10번을 제대로 표현 못하는 거 아니야?'라는 지경에 이른다.

오정희 소설가가 한 인터뷰에서 이런 말을 했다.

"빛보다는 그늘, 영광보다는 상처, 승리보다는 패배, 기쁨보다는 고통 쪽에 자리를 마련하는 것이 작가의 숙명이에요. 하지만 글쟁이는 침잠하면 안 됩니다. 슬픔 속으로 걸어 들어가야 하지만 배꼽까지 차오를 때까지만 기다려야 해. 완전히 빠지면 아무것도 보지 못해요."

내가 상처받았을 때, 힘에 부쳤을 때, 글 쓰는 것 말고는 달리 할 수 있는 게 없었을 때 그때와 같은 심정으로 피아노를 배워 표현했다면 어떻게 되었을까. 지금과는 다를까.

아, 굉장히 자학적이네.

됐다, 그만하자.

그늘보다는 빛 쪽에 가까이 머물러 있다고 해서 그늘의 서늘함을 모른다고 할 수 없다. 내가 거기에 발도 담그기 싫어서 빠져나오려 얼마나 발버둥을 쳤는데.

사실 거짓말을 좀 했다. 아무도 그립지 않은 건 아니다. 그립다. 아직까지 꿈에 나온다.

가끔 보고 싶다.

다만 반복하고 싶지 않을 뿐이다.

쇼팽 왈츠 10번 B단조를 암보했다. 이 곡을 배운 지 5개월
만의 일이다.

완벽하다고 할 수는 없지만 쇼팽 왈츠 10번 B단조
Op.69-2를 처음부터 끝까지 악보 없이 치는 날이 내게도
왔다. 완벽하지 못하다고 한 이유는 틀리지 않을 자신이
크지 않기 때문이다. 선생님은 자신이 없다면 다 외운 게
아니라고 했지만, 선생님, 제 인생에 있어 악보를 보지 않
고 연주할 있는 유일한 곡인걸요. 이제 나는 어느 장소에

서든 피아노가 보이면 주저하지 않고 피아노를 칠 수 있다.

곡이 잘 외워지지 않을 때는 그 곡의 조성으로 스케일 연습을 해보라던 선생님의 말을 마음에 품고 B단조 스케일 연습을 시도 때도 없이 한 게 효과가 있었나. 뭐든 엮는다.

임동혁 피아니스트는 연주회 전 연습에서는 빛을 다 차단시킨 캄캄한 어둠속에서 연주를 한다고 했다. 해석을 베끼는 건 감정 도둑질이지만, 연습 방법은 따라할 수도 있는 거죠?

불 꺼진 방에서도 이 곡을 연주할 수 있게 될 날까지.

조금만 더.

지금 여기에서, 한 걸음만 더.

포
기
는
하
지
마

"과제 내용은 품사와 관련된 것입니다. '용언'의 개념을
영어와 비교하여 외국인 학습자에게 어떻게 가르칠 것인
지 각각 예를 들어 설명하는 내용을 정리해주십시오."

자율선택으로 수강신청을 한 한국어학부 수업과목 〈한국
어 단어의 이해〉의 2018년 1학기 첫 과제가 위와 같았다.

"용언은 문장 속에서 서술어로 쓰이며 주어로 표현되는

대상, 즉 주체의 움직임과 상태를 서술하는 기능을 한다. 부사어의 수식은 받으나 관형어와 호응은 하지 않고 문법적 기능을 발휘하기 위해 형태를 변화시키기도 한다."

강의록에서 발췌했다. 한글을 읽을 줄은 알아서 소리 나는 대로 읽기는 읽었는데 그러니까 이게 무슨 말이지. 차근차근 다시 읽고, 글씨로 써보고, 강의를 들으면서 겨우 이해한다. 아, 이제 영어와 비교하여 무슨 수로 설명할 것인가. 과제 제출 마지막 날 부랴부랴 작성하고 싶지는 않아서 느긋한 마음으로 한글오피스 파일을 열고 모니터 속 백지와 마주한다. 일단 생각나는 대로 쓰고 추후에 수정을 하자는 계획이다. 외국인 학습자에게 알려주는 게 목적이니까, 가상의 외국인 친구를 설정하자. 영어로 설명하는 조건이니 영어권 사람이 좋겠다. 내가 요즘 애정하는 미국 배우 티모시 샬라메가 앞에 있다고 상상하자. 동기부여가 제대로 된다.

"Hi, Timothée. Today we will learn about the predicate. It might be difficult to do at first. But don't give up."
안녕, 티모시. 우리는 오늘 용언에 대해 배울 거야. 처음에는 어려울지도 몰라. 그렇지만 포기는 하지 마.

이것을 시작으로 나는 용언의 종류에는 무엇이 있는지, 영어의 형용사와 한국어의 형용사가 어떻게 다른지, 한국말도 영어도 제대로 못하고 있다는 불편한 기분과 분량은 채우고 있다는 뿌듯함을 동시에 느끼며 티모시에게 용언에 대해 설명해나간다.

티모시가 아니라 내가 먼저 이 글을 이해해야 할 것 같을 때쯤, 첫 장으로 돌아가 시작 문단을 읽는다.

Don't give up.

직역하면 '포기하지 마'인데 여기에 조사를 붙여 '포기는 하지 마'라고 쓴 게 이제야 눈에 띈다.

싫어하고, 미루고, 울고불고, 찢고, 부수고, 다 놓고 포기한 척해도 된다. 이렇게 다른 건 다 해도 되는데 '진짜 포기'는 하지 않았으면 한다는 내 바람의 발현이다.

나처럼 포기를 잘 해왔던 사람이, 남에게 포기는 하지 말란다.

사람들은 타인을 심심치 않게 평가한다. 근래 내가 가장 많이 받은 첫 번째 평가의 말.

"너 참 독하다."

그럼 나는 답한다.

"내가? 살아생전 그런 말 처음 들어."

두 번째 평가의 말.

"너 체력 좋다."

그럼 나는 답한다.

"체력 아니고 정신력이지."

퇴근 후 밥 먹을 시간이 아까워 끼니도 거르고 피아노를 두 시간씩 연습하고, 짬 내서 인터넷 강의까지 들으니 내가 독하고 체력 좋은 사람으로 보이는 것이다.

마지못해 하는 일에는 포기가 빨라지는 게 당연했다. 하지만 정말 하고 싶은 일, 좋아하는 일을 할라치면 포기만은 하기 싫어진다는 나라는 걸 깨달았다. 굉장히 뻔한 말인데 그것을 경험하면 뻔하게 허공을 떠돌던 말이 확 박혀 삶의 좌표가 되어줄 수도 있는 거다.

사람이 어떻게 하고 싶은 것만 하며 살아.
하지만 하기 싫은 걸 꾸역꾸역하며 살 수도 없잖아.

기약도 없이 10년이 걸리든 20년이 걸리든, 그러는 동안 딴 길로 새든, 정말 하고 싶은 무언가를 마음에 품고 있다면 그 자체만으로도 포기는 하지 않은 거라 믿는다. 당장 행동하지 않아도 괜찮다. 행동에 옮길 막연한 언젠가의 방향으로 몸만 틀고만 있으면 된다. 나도 모르는 사이 거기에 가 닿아 있을지 누가 알겠나.

　내가 다시는 글 따위 쓰지 않겠다고 기고만장하게 굴고도 결국 글로 돌아와 혼자 방구석에서 책을 만들었던 것처럼.

　피아노 치고 싶다고 백날 말하다가 이사한 카페가 마침 피아노 학원 옆이라 당장 학원에 등록해 연습하고 있는 것처럼.

대학에 못 간 게 못내 아쉬웠는데 언어가 좋아 죽겠어서 느지막이 영어학부에 입학한 것처럼.

과제를 하다가 산으로 와버리고 말았다.

아, Don't give up. 한 문장에 담긴 내 이 깊은 뜻을 티모시에게 전하고 싶다.

이실직고 하자면 여태까지 내가 연습한 곡들은 내 분수에 맞지 않았던 건지도 모른다.

선생님께서는 내가 어린아이였대도 실력과 무관하게 연주하고 싶은 곡 위주로 레퍼토리를 짜주셨을까? 잠재성은 제쳐두고?

아무리 생각해도 아니다.

이전에 배운 경험이 있는 성인이라는 것을 고려하고 배려해서 학습자가 좋아하는 곡을 연습할 수 있게 틀을 짜주신 것이다.

　내가 연주하고 싶은 곡들의 악보는 하나도 빠짐없이 나에게 어렵고 복잡해서 어느 곡이든 열 마디를 이어서 연주해볼라치면 최소 한두 시간은 애써야 했다.

　"일을 안 하는 것도 아니고. 어떻게 매일 두 시간씩 연습을 할 수가 있어?"

오랜만에 만난 친구는 내가 집요하단다.

　"모르겠어. 그냥 좋아하는 곡을 내가 직접 연주해보고 싶다는 생각이 다른 걸 이겼어."

분수에 맞지 않는 줄도 모르고 슈베르트 즉흥곡 악보집을 6개월 전에 샀었다. 피아노 학원을 등록하자마자 신나서 손에 쥔 거다. 퇴근 후 학원으로 달려가 가장 좋아하는 즉흥곡 2번 E플랫장조 Op.90. D899번을 폈다. 그런데 도저히 못하겠는 거다. 어려워서.

　플랫(내림표) 세 개가 달려 있는 악보를 손이 따라가지 못했다.

그대로 소장용으로 간직하다가 레슨을 시작한지 6개월 후, 레슨 곡을 연습하다 기분전환을 할 겸 슈베르트 악보를 펼쳤다. 여전히 어려웠지만 제 26마디 단조 선율로 바뀌기 전까지는 어설프게나마 내가 치고 있더라. 전과 같이 어려웠어도.

　　"넌 뭘 해도 되겠다."

지구력도 떨어지고 변덕도 심한 나에게 친구가 해준 이 말은 내가 들어서는 안 될 말 같다가도, 좋아하는 것을 매일매일 행동했을 때 일어난 사건 1을 겪어버리니. 사건 2, 사건 3도 곧 일어날 것만 같아서, 정말 나 이러다가 뭐라도 하는 사람이 될 것만 같아서, 순간적으로 사는 게 재밌을 뻔했다.

끊겼던 숨이 돌아와 천천히 호흡을 가다듬듯.
　　슈베르트를 만나기 위해 6개월 동안 호흡을 가다듬으며 연습을 해왔던 걸까.
　　분수에 맞지 않는 삶 같은 건 없잖아요.
　　저, 희미하게라도 숨 쉬고 있거든요.

이 숨 붙들고 생생하게 닿아 있을게요.

부디 오래 만나요.

음악적으로. 역사적으로. 인간적으로.

　피아노를 연습할 때 깨닫게 되는 사실들.

　이론적으로, 때로는 비논리적으로. 상식적으로. 때로는
비상식적으로.

　내 뒤통수를 치면서 혹은 조심스럽게 마음으로 스미면
서 전달되는 이야기들.

　인생사라고 하기에는 거창하더라도 자꾸 '삶'과 연관지
어 쓰면 촌스러운 것 같아서 최대한 억누르려 하는데도

자꾸 그렇게 된다.

그럴 때마다 그 어떤 철학가나 심리학자보다 작곡가들이 대단하게 느껴진다.

음악을 모국어로 쓰는 사람들.

그들은 말 한마디 하지 않고 모든 것을 말한다.

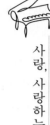

랑,

사

랑

하

는

것,

사

랑

하

다

연습을 마치고 앞으로의 레슨 방향에 대해 선생님과 이야기하던 중 연습량에 대한 이야기가 나왔다. 딱 한 시간만 치고 마쳐야지 하다가도 막상 연습을 시작하면 그게 안 돼 몇 시간이고 앉아 있게 된다고 하니 어쩌면 당연한 말이라고 하신다.

"끝이 없으니까요. 저도 만약 여진 씨가 연습하는 모차르트 소나타로 당장 연주회를 준비한다고 하면 밥만 먹고

4. 나는 내 인생의
최초 목격자

피아노만 쳐야 해요."

직업으로서가 아닌 취미로서 예술이나 스포츠를 즐기는
사람을 아마추어AMATEUR라고 한다. 사실 아마추어라는 단
어는 '사랑' 그 자체다. 라틴어 'amator'는 사랑하는 것,
'amare'는 사랑하다에서 비롯된 말이기 때문이다.
　아마추어 연주자들 중에 실력이 출중한 사람들을 살펴
보면 하루에 한두 시간 이상, 때로는 날을 잡아 여섯 시간
가까이 피아노 연습을 한다고 한다.

　"그런 사람들은 더 이상 아마추어라고 부르기도 뭐하죠."
　"저요, 저요. 제가 그런 사람 될 거예요."

장난스러운 말투로 장래희망을 발표하는 아이같이 오른
손을 번쩍 들고 말하는 나.

　"지금도 충분히 그렇게 하고 계세요."

사랑 그 자체가 되어버린 사람들에게는 어떤 수식도 붙을
수가 없다.

단
한
곡
에
서
시
작
해
각
자
의
방
으
로

빈틈없이 체계적이면서도 반드시 여지를 남겨두는 음악.

연주하는 사람에 따라 곡에는 각자의 의미가 생겨난다. 작곡가가 딱히 숨긴 적 없어도 의미는 가려져 있다. 연주자는 의미를 찾아간다. 가려진 부분을 털어낸다.

그렇게 천 명의 연주자가 있으면 천 가지의 해석이 태어난다.

그리고 그 속에서 발견한 자신의 모습.

자신의 속을 알 수 없다는 사람에게 악기를 배우게 해

연주하게 두면, 그는 곧 자신의 내면을 귀로 볼 수 있게 될
것이다.

연주해보고 싶은 곡이 생기면 시중에 악보가 나와 있기를
바라는 마음이 앞선다.

　악보에 기입되어 있을 지시어들이 궁금하다. 연주를 들
으며 눈은 악보를 따라가고 싶다. 절대음감이 아닌지라 듣
기만 해서는 재현할 수 없어 악보를 구해야 하는 게 일이
지만, 사실 나는 그 과정까지 즐기고 있다. 작품번호를 알
아낸 후 음악서적 코너 앞에서 악보집 하나하나를 살피는
것.

피아노 학원에 등록을 하고 첫 레슨일 전, 혼자서 모차르트 피아노 소나타 1번을 자유롭게 쳐보고 학원에서 나오는데 이런 생각이 들었다.

'아, 나는 머리카락이 새하얗게 변한 할머니가 되어서라도 피아노를 배우겠다고 했겠구나. 지금처럼 모차르트 소나타를 가장 먼저 다시 쳐보려 했겠구나. 어린 시절, 솜씨를 뽐내며 칠 수 있는 가장 어려운 곡으로 기억하고 있는 모차르트 소나타 악보를 제일 먼저 사겠구나.'

이왕 사는 거 원전악보를 간직해볼까 가끔 고민하고, 시기상조일까 머뭇거리기도 한다. 17년 전에 소장했던 출판사의 악보를 다시 손에 쥔다. 악보집이 쌓인다. 크기가 조금 커지고, 많이 거칠어진 내 손을 탄 악보들이 익어간다. 빈틈 많았던 가지들이 어느새 푸른 잎으로 풍성해져 약간의 빛과 부드러운 바람에도 찬란하게 반짝인다.

무선 노트에 형식도 없이 적었던 연습일지를 첫 장부터 끝 장까지 다 읽고 덮었다.

뭐지?
기분이 이상해.
묘해.
나의 성장과정을 내가 목격하는 경험.
나는 내 인생의 최초 목격자.

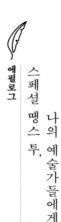

내가 덕이 좀 많다. 무슨 말인가 하면 덕질을 잘한다. 연애를 하지 않는 기간에는 특히 더 불타오른다. 1년 넘게 연애를 쉬며 온전히 나한테 집중했는데 그간 생활의 활력소가 되었던 사람들을 언급하려고 이런다.

국내로는 그룹 BTS, 가수 강다니엘 군, 미국 쪽으로는 영화배우 티모시 샬라메 군과 밴드 LANY, 영국 쪽으로는 밴드 The xx, 호주 쪽으로는 싱어송라이터 트로이 시반, 그리고 국내 클래식계로는 조성진 피아니스트, 임동혁 피아니스트가 떠오른다. 세세히 언급하자면 더 많은 이들이 있겠지만 처음 떠오르는 게 제일 좋은 거라고 영화 〈킬 유어 달링〉에서 데인 드한이 그러지 않나. 지금 여기에 무슨 소리를 쓰고 있는 거야. 헛웃음이 나기는 하는데 아침 출근길에 이런 생각이 들었다. 내가 만약 바흐, 모차르트, 베토벤, 쇼팽이 살았던 시대에 태어나 살았다면 그들이 연주하는 살롱을 찾아다녔겠구나. 서신을 하도 보내서 작곡가들이 내 존재를 알아 친히 지냈다고 어느 기록에라도 남게 되었을지 모른다.

당신들이 도움준 적 없어도 나는 분명 도움받았다.
예술해주셔서 고맙습니다.

내 손을 이보다 더 오래 본 적 있었나. 수시로 손톱을 깎았다. 건반에 손톱 부딪히는 소리가 나면 흉하니까.

반복되는 일상이었다. 그러나 연습마다 내가 치는 곡의 차원이 잘려나가는 손톱만큼 늘어갔으니 '반복'은 되었어도 매일 똑같지만은 않았던 것이다.

듣기만 열심히 들었지 시간을 투자해 공부해본 적은 없던 음악이다. 피아노 일기를 쓰면서 조금이나마 그 세계에 가까이 다가갔다. 음악사를 되짚고, 음악이론을 공부하고,

작곡가의 생애를 살폈다.

'네가 미워도 너를 좋아하는 마음'을 사랑이라고 부른다면 나는 음악을 사랑한다고 할 수 없다. 나는 음악이 미웠던 적이 없이 마냥 좋았다.

글을 내 인생에서 제외시킨 적은 있어도 음악을 없앤 적은 없다. 그런 내가 피아노를 다시 배우고 연습하며 직접 음악을 하는 사람이 되어본 것이다. 전에는 들리지 않던 것들이 들리기 시작했다.

영화 〈콜 미 바이 유어 네임〉을 보면서 지금 저 곡은 분명히 인상주의 느낌으로 작곡을 했다 싶어 나중에 곡명을 제대로 알아보니 정말 그 곡은 인상주의 작곡가 라벨 RAVEL의 피아노곡 '반영들MIROIRS' 중 〈망망대해에 뜬 배UNE BARQUE SUR L'OCEAN〉였다. 피아노를 다시 배우기를 잘했다는 생각이 든 순간 중 베스트 오브 베스트다.

2017년 12월 8일부터 일주일에 5일 이상 피아노 건반을 눌렀다.

6개월이 흘렀다.

매번 정해진 시간 그 이상, 기꺼이 레슨을 해주신 이영은 피아노 선생님께 감사드린다. 선생님과 호흡이 맞아 일어난 좋은 추억이 가득하다. 선생님이 아니었다면 단시간에 실력이 이만큼 늘 수 없었을 것이다.

틈틈이 연습할 수 있도록 배려해주신, 이제는 오랜 친구처럼 느껴지는 예지 사장님, 예원 사장님에게도 고마움을 전한다.

곧 여름이다.

과로로 부어오른 목구멍. 아직 마저 읽지 못한 스콧 피츠제럴드의 소설. 1년 전 잃어버리고 아직도 재발급하지 않은 주민등록증. 끝이 다 닳아버린 일기장과 연습일지. 사랑하는 가족. 모자람 없이 좋은 친구들. 부족하면서도 충분한 나.

한겨울, 늦겨울, 초봄, 완연한 봄, 늦봄.

매일매일 건반을 꾹꾹 누르며 보내니 계절이 만져졌다.

"내 두 손으로 하늘을 만질 수 있다니, 상상도 못했던 일이에요."

피아니스트 시모어 번스틴SEYMOUR BERNSTEIN의 이 말이 무슨 뜻인지 나도 알게 되었다.

한 가지 더,

맨 처음 내가 피아노를 배운다고 했을 때 왜 배우냐 물었던 사람들에게 시원히 말할 답을 얻었다.

"나를 위해서."